本書出版得到湖北省章開沅文化交流基金會
余家菊文化交流專項基金
陳辭修文化交流專項基金
資助

譚延闓詩集

譚延闓

◎譚延闓／著
◎余　迅　李　程／整理

華中師範大學出版社

新出圖證(鄂)字 10 號
圖書在版編目(CIP)數據

譚延闓詩集/譚延闓著;余迅,李程整理. —武漢:華中師範大學出版社,2020.12
ISBN 978-7-5622-9340-8

Ⅰ.①譚…　Ⅱ.①譚…　②余…　③李…　Ⅲ.①詩集—中國—近代　Ⅳ.①I222.75

中國版本圖書館 CIP 數據核字(2021)第 016009 號

譚延闓詩集
譚延闓　著
余　迅　李　程　整理

責任編輯:張懷東　　責任校對:肖緒旭　　裝幀設計:羅明波
編輯室:學術出版中心　　電話:027-67867792
出版發行:華中師範大學出版社
社址:湖北省武漢市洪山區珞喻路 152 號
電話:027-67863426(發行部)
網址:http://press.ccnu.edu.cn　　電子郵箱:press@mail.ccnu.edu.cn
印刷:湖北恒泰印務有限公司　　督印:劉　敏
字數:120 千字
開本:787mm×1092mm　1/16　　印張:18
版次:2021 年 3 月第 1 版　　印次:2021 年 3 月第 1 次印刷
定價:68.00 元
歡迎上網查詢、購書

譚延闓先生像

《譚祖安先生手寫詩册》書影

慈衛室詩

癸卯

清明上河曲　大梁清明士女填咽蓋猶宋時遺俗感張端所圖遂為賦之

大梁三月春始花大梁門外去來車才見參差連遠道又看窈窕出誰家誰家窈窕正青春治服明妝冠等倫綠鬟侍兒金雀艷絳紗子弟翠翹新翠翹爭說春華美禊飲還如臨曲洧裊裊香風陌上塵道道去轂門前水去轂門前迤邐行可憐今日正

粤游集

癸亥元日

五年四度元日海上經過此歲初日暖風和知粤近春回物候感年徂飽經憂患情彌怯長路貪嗔念不除多謝飛翻羅鷗鳥本無機事與相於

安得忘機從鷗鳥居然浩蕩一相於

元日試筆

海上逢元日年年無此情

不寒

但時風日美微痕

序言

《譚祖安先生手寫詩册》業已於去年春天由華中師範大學出版社精印出版，受到各界人士的廣泛讚譽。現在譚氏親屬熱情要求以繁體字再版，並囑我寫序。晚輩如我，豈敢言序，但盛情難却，不能不寫若干讀後感想。

其實，我很早就拜讀過祖安先生的部分手寫詩册。大約是在1941年暑假，我在國立九中的同室好友周承超從家中帶來若干書法作品，教我練習寫字。他的叔父是周彦龍，國民政府蒙藏委員會委員長吴忠信的機要秘書，吴任新疆省政府主席時，曾擔任《新疆日報》社社長。他的字寫得很好，對侄子練字要求很嚴。承超當時酷愛顔字，我却愛好一本坊間出版不久的祖安先生手書《廬山雜詩》，於凝重中映現瀟灑，模仿練習，印象很深。現今出版的手寫詩册未收《廬山雜詩》，但在《非翁詩稿》一卷中收有《題廬山雜詩卷後》一首。詩云『兼句小住未為多，霧裏看山可奈何。長恐山靈誚生客，不題詩句在巖阿』，淡泊名利，敬畏自然，一位學者型政治家的高大身影，仿佛又出現在我的眼前。

祖安先生24歲時中進士，入翰林院以庶吉士任用。但他剛到職即請假南歸，隨即在長沙居憂興學，出任長沙中路師範學堂監督，並參與推進湘省鐵路修建。他熱心公益，德高望重，所以湖南諮議局成立，被公推為首任議長，並投身立憲與國會請願運動。辛亥革命武昌首義，湖南最先響應，成立軍政府並組織湘軍前往支援陽夏戰役。但長沙政局混亂，焦、陳兩督遇害。幸好當地士紳深明大義，推舉祖安先生接任都督，迅速穩定局勢，士庶得以保全。及至民國肇建，中山先生出任臨時大總統，正式任命祖安為湖南都督。從此他獻身共和並忠誠追隨中山先生，積極參與護法、護國運動，乃至其後的北伐與國民革命。祖安先生以文人治軍從政，從不迷信武力，明察局勢，順應潮流，盡可能避免百姓塗炭，和平解決紛爭。他的政治氣度與豁達胸懷，在湖南影響極為深遠，在全國亦贏得很高聲望。但他又不是毫無原則的和事佬與『泥瓦匠』，他有自己的品格操守與政治原則，對於那些禍國殃民的漢奸敗類，則堅決主張全國聲討共誅之。

1995年紀念抗戰勝利60周年之際，我與余傳韜先生巧遇於武漢石門峰墓園，這是我與祖安先生親屬的最早接觸。兩人一見如故，相見恨晚，從此音訊常通，每年必會晤兩三次，共同為促進兩岸文化交流做了許多卓有成效的工作。祖安先生的快婿陳誠的日記，就是委託我在東方出版社（人民出版社副牌）公開出版的。而《石叟叢書》的大量檔案及相關文獻的原件也由陳家親屬慷慨捐獻，並且妥善保存在華中師範大學珍稀圖書收藏室，以各種形式開放，供眾多中外學者參觀利用。此外他們還自行集資在華中師範大學建立了『余家菊獎學金』，鼓勵優秀學生早日成才。我想這些重大舉措都是可以告慰祖安先生在天之靈的。

往事並非如烟，兩岸血濃於水。今年是祖安先生 140 周年誕辰，也是他逝世 90 周年。時代潮流，民意所向，無可阻擋。撫今思昔，感慨萬千。謹書此序以表對先賢的敬意。

章開沅

庚子年於武昌桂子山

整理凡例

譚延闓先生工詩，詩作結集傳世者凡四種，即《慈衛室詩草》（又題《慈衛室詩》）、《粵行集》（又題《粵游集》）、《訒菴詩稿》（又題《訒菴詩草》）、《非翁詩稿》（含《非菴詩草》《非翁詩稿》），今皆存先生手寫之本。先生善書法，尤精顔體，少時即得翁同龢等書壇耆宿稱揚，晚歲更臻妙境。華中師範大學出版社此前影印的先生手寫詩集四種合刊《譚祖安先生手寫詩册》，不惟有文學、史學之價值，又兼書法欣賞之美感。然當今之學術研究，又以整理排印本為使用便利。故此依據先生手寫原本整理，庶幾有功於學界。

本次詩作整理皆以先生手寫原本為據。先生本人於句旁、頁眉以笔墨改动者，悉从改後文字，不另出改前文字。手寫文字之衍，以脚注標注。手寫文字之脱，以□標記，脚注標注。作者自注文字以略小字號區分，詩序及他人題評文字以略小仿宋字區分。

目録

粵行集　粵游集

訒菴詩稿 訒齋詩草

非翁詩稿

非菴詩草　非翁詩稿

懸衡室詩草

慈衛室詩

癸卯

清明上河曲 大梁清明，士女填咽，蓋猶宋時遺俗，感張□〔一〕端所圖，遂為賦之

大梁三月春始花，大梁門外去來車。纔見參差連遠道，又看窈窕出誰家。誰家窈窕正青春，冶服明妝冠等倫。綠屬侍兒金雀艷，絳紗子弟翠翹新。翠翹争説春華美，禊飲還如臨曲洧。袅袅香風陌上塵，迢迢去轂門前水。去轂門前迤邐行，可憐今日正清明。平原草色纔能綠，夾道楊枝已是青。青山歲歲長如昨，車馬翩翩止還作。幾處清歌上碧雲，一時素手搴珠箔。

〔一〕手稿此處或脱一『擇』字。

珠箔東南花正飛，輕羅繡縠試春衣。暫時酌酒銷金斝，忽復尋春入翠微。尋春不解傷春事，鬥草藏彄百游戲。連臂輕歌赤鳳來，同心更逐青驄至。青驄游俠五陵兒，結客探丸意不辭。珊鞭埒裏初盤馬，金距風前且鬥雞。廣場笳鼓相追逐，芳草春萋宜蹋鞠。角觝三千幕若雲，羽衣二十人如玉。雲幕重重處處通，青帘摇曳出當風。生憐芍藥長堤好，聽取芙蓉小部工。魚龍曼衍犁靬眩，栒檀金碧何王殿。綵仗喧闐木寓龍，華筵歌吹瑶筐燕。蹀躞盲翁負鼓塲，雍容小妹角弓張。蠟戲莊嚴堆百幻，珠塵舍利動諸香。此時無限繁華夢，此時不覺春愁重。影事還徵帳額鸞，泥人更觸釵頭鳳。別有傷心大道邊，白楊蕭瑟聽啼鵑。茜裙泥涴燕支泣，春草紅心冷墓田。生存何意歸零落，雨夢風花同寂寞。乍可年時逐勝游，不堪俯仰成哀樂。哀樂平生恨未忘，六陵松柏鬱蒼蒼。櫻桃無復羞南寢，車騎愁聞走北邙。蹲獅無恙龍亭圮，惟有平湖自清泚。銕塔年年夕照殘，吹臺漠漠春雲起。南渡飄零老畫師，春來愁絶未應歸。畫圖金粉猶前日，華屋山丘異昔時。淒涼自染鵝溪絹，河聲嶽色還如見。故國樓臺草木悲，盛年歌舞風雲變。歷劫長恩好護持，藏冰（山）〔一〕曾録舊平章。雁鼎何人傅粉墨，龍躔幾度

〔一〕『山』字為手稿衍。

閲滄桑。七百年來朝復暮，上河風景還如故。共説花時嬌上春，那知麥秀哀中路。中路哀時不忍聞，回車重輿向夷門。梁王臺苑餘荒草，信陵祠廟空斜曛。斜曛只在西樓側，樓上笙歌殊未歇。新聲一度落梅花，舊詞雙槳迎桃葉。桃葉桃根事已陳，玉津橋水故粼粼。惟餘舊日梁園月，還照當時羅綺春。

為楊子杏題何伯周夫婦畫卷

鷗波不作仲姬逝，此福人間絶代無。拂卷知君勤護惜，同心小印未模糊。

古芬書品繼蝯翁，小軸親題墨未濃。更與香閨留粉本，行齋長住翠微中。

輕雲如水雨如煙，我别西湖已十年。惆悵畫圖看不盡，舊游孤夢一燈前。

新題卷尾寫生綃，卧枕芸香結念遥。別後思心更愁絶，大梁風雪正蕭蕭。時將往汴中。

無題

小院重簾未寂寥，東風昨夜雨今宵。蠟燈紅燼春如夢，脂盝香温黶欲消。隔座情懷中婦瑟，小樓心事玉人簫。天涯只在朱闌曲，莫向蓬山更怨遥。

盈盈鎮日對門居，珠箔樓頭自卷舒。約臂鬱金香宛宛，當眉明鏡影如如。緑牋粉膩裁魚子，翠羽春凝黶鼠姑。恨不相親悔相見，中霄風露苦踟躕。

和黎鱷菴韵

放鳶城郭碧湘街，憶尔清吟別後佳。去日年華悲逝水，小亭香葉話清淮。蒼茫身世燈前劍，窈窕天人鏡裏釵。飄瞥塵蹤幾回首，金筌珍重寫詩牌。

入洛緇塵席帽低，玉驄歸夢總淒迷。高樓夜雨重簾外，斜日東風萬柳西。屏角芳華勞粉蝶，甕頭生事感醯雞。雲階月地無消息，愁説紅牆尚可梯。

前韵和黎鰈菴

池荷東是緑楊街，步屧懷君小住佳。檻外雨聲春入夢，鏡中人面月臨淮。金爐篆袅憐虛幌，寶軸痕殘認折釵。記否西樓明月夜，縹緗同檢舊籤牌。

錫簫吹徹楚天低，心事沈沈影事迷。芳酒夢醒瑶瑟畔，春雲人隔玉廊西。蛇珠未悔輕彈雀，犀管猶聞寶駭雞。相望相思邈何處，紫蘭香逕碧苔梯。

丁未

郭詷白寄示游萬泉湖詩，輒成長句奉懷

郭侯慷慨能為客，坐對平湖數秋夕。萬卷藏身祇自知，一官袖手無人惜。客裏悽然憶故情，秋風一夜起邊聲。平沙歷歷遼陽道，古戍荒荒樂浪城。邊城蒼茫邊月白，萬頃湖光動凝碧。載酒還能泛小舟，題詩不更悲行役。才俊江山共眼前，就中陳廖劇清妍。坐想飛濤起溟渤，偶留高詠答湖煙。湖煙漠漠中宵好，懷古傷今一傾倒。歌哭能醒壯士魂，平生未分儒冠老。嗟君年少早成名，被人還喚作書生。懷中尺璧今何用，海上長風意不平。幾年和戰喧中外，祇與河流助淘汰。百戰蕭條井里枯，三邊屼嵲憂危大。休向山川問主賓，神洲今恐更無神。且能有酒歡今夕，忽復裁箋寄故人。故人取別多零落，每憶新吟望寥廓。對泣南冠意可知，走馬東門事如昨。一年一度又西風，一去一留無與同。君向牙門聽戍鼓，我來蕭寺覓殘鐘。湖中碧浪長清泚，風物何如萬泉美。借問年年遼海波，即今何似瀟湘水。瀟湘無語日空流，

相望相思共一秋。惟有月明能萬里，舉杯遥屬海東頭。

次韵陳鳳光、廖麓樵游萬泉河之作

吾生役役任蹉跎，世事荒荒訝夥多。當代功名一揮手，故人詩思萬泉波。已無天帝能醒醉，尚有湖山足嘯歌。好是諸公同努力，他年蠟屐想重過。

己酉

保定别貽藹人戍四川

辛苦三年别，艱難再見時。主恩終浩蕩，臣職本危疑。道在身何病，名存事可悲。籌邊他日計，應動九重思。

憶昔趍庭日，曾聞國士稱。匆匆成隔世，惻惻念中興。生死交餘幾，安危要有憑。臨歧湧霑灑，回首即觚棱。

定有觚棱戀，全家兩逐臣。滄桑無限淚，風雨得相親。濯錦江仍舊，聯珠集更新。詩成應見憶，寄与莫辭頻。

清華園示鳳光

偶辭城市喧闐會，來看郊原浩蕩天。雨後青餘山一抹，尊前紅映酒三船。故人慷慨猶如昨，舊事悽迷不記年。莫向園林問興廢，且饒酩酊話流連。

游圓明園

玉階金戺已無存，寂寞誰能識禁園。福海只今餘萬葦，屬車曾記擁千門。盛時文物留殘石，劫後牆專認燒痕。惟有流泉依舊好，年年不共海潮渾。

庚戌

百泉展墓作

檜柏千章竹萬枝，靈宮迴望轉逶迤。蟄龍天輿依滕室，駐馬人來讀柱碑。夢裏瓊瑰當日淚，懷中芍藥去年詩。冤親何意皆黄土，徙倚殘陽又一時。

枏竹山騎還有感

攬轡頹然竟獨還，長眠人已隔青山。依稀京輦聯鑣意，惆悵寒林落照間。千劫可憐同冉冉，百泉誰与聽潺潺。蹇驢歧路君知否，愁向風塵損素顔。

贈楊廷瑞

華顛容易近中年，執手相看各惘然。往事經時如夢裏，故人今日又尊前。書堂久閟金絲響，畫閣重尋石墨緣。莫向人間問清濁，輸君長作在山泉。

辛亥

月夜過洞庭作

秋清夜已涼，舟行月正高。平湖静不波，千里共迢迢。輕煙散微瀾，清輝麗神霄。俯仰天地間，始覺心遐超。昔人感舟楫，涉險戒波濤。吾生信何營，復此塵役勞。徂年豈無悲，逝者不可招。人亡境亦遷，神悽意轉遼。湘靈閟瑶瑟，楚老歎蘭膏。徙倚空明中，喟然獨長謡。

中秋舟中

秋静平湖澹若煙，扁舟輕過晚風前。月明好共波中看，夜色還如畫裹妍。往事今宵餘涕淚，孤燈殘夢尚淒漣。年年長是人千里，每為良辰一愴然。

澂園携示前詩，疊韵奉贈

吾生役役徒為爾，世事紛紛亦偶然。獨有故人能物外，更携殘句到鐙前。舊游孤夢真如昨，乍别重逢已是緣。往日琴尊零落盡，愧將清濁問山泉。

壬子

戲題劉雨人藏石菴卷子

一從烽火連江漢，多少縑緗付劫餘。誰分夜闌人倦後，眼明重見石菴書。

御園今已無殘瓦，舊事還能憶往年。我對遺箋成一笑，不曾長跪屬車前。卷中有『迎駕往園子』語。

癸丑

無題

倦客孤鐙感寂寥，玉人消息尚重霄。分無珠樹雙棲定，更有蓬山一恨遥。燭淚經時還惜别，酒痕昨夜又新澆。不辭沈醉情思減，多恐情思醉亦饒。

甲寅

題癸丑日記後

沈沈三十六年事，過後思量總夢中。一卷叢殘抛不得，又從泥雪憶飛鴻。

篝鐙寫記記吾師，武陵陳先生。絶似長沙夜學時。慚愧雕蟲亦無技，卅年嬴得鬢成絲。

黎兄兄弟劇雄豪，群季聯珠興每超。忽憶前塵生百感，可憐明鏡翳蒲桃。止弟館名。

來鴻去燕頻年慣，稍喜鈔書亦有兒。莫向殘鐙思往事，有人和淚説湘纍。

食杏和吕無悶韵

海隅有珍果，嬌小最堪憐。異地知梅變，同時憶桂圓。林園纔自種，春日想能妍。莫漫愁新嫁，娉婷更一年。

隴上傳佳種，分甘記每年。獨慚同老大，猶喜及芳妍。檇李看仍小，櫻桃訝許圓。來春應更好，巴達漫相憐。

題袁海觀春雞圖

投老江鄉感歲除，朱門風物尚南都。憑誰為點丹青筆，畫作春朝正旦圖。
妙筆天濤有舅風，傳衣今日屬聾公。莫將縑素論新故，晋帖唐摹一例同。
尚書精鑒何人似，畫軸琳瑯壓百船。輸與乾嘉諸老輩，豐穰真及太平年。

重至青島

適看桃李鬥清妍，又覩霜華凍野田。惟有勞山知我意，一回相見一嫣然。

電掣雷奔又一時，蒼茫歧路更何之。可憐無限平生感，猶有好懷能賦詩。

贈古川大航和尚

世界微塵裏，蒼茫認佛鐙。陸沈吾不悔，稍喜見南能。

贈野中正教

異地驚初見，知名已歷年。銜刀曾虎穴，佩劍又龍淵。我亦當時侶，翻同此日筵。不辭成酩酊，琴澳雪横天。

自青島泛海歸滬上作

仲氏喜浮海，宗生願長風。不覩溟渤大，安知天地空。淩冬涉氷雪，返棹迴艨艟。初日耀丹景，列嶼呈青葱。波濤如陵谷，雲物忽沖瀜。吾生信有涯，閲世嗟無窮。扣舷發長謡，邈尔神山蹤。

和吕滿生日宴集詩

高宴猶湘曲，深杯惜歲徂。舊時同社侣，今日幾人俱。世路空勞燕，華年托蟪蛄。天涯隨處是，何必怨羈孤。

容易過中歲，生涯付一尊。茫茫念來日，惻惻感群喧。海色濃如酒，春風細拂門。桃花開正好，莫羨武陵源。

酒樓酬呂滿

高樓能盡醉，何惜歲年徂。短髮行將老，長鑱命与俱。故人同斷雁，往事付啼蛄。携酒還相共，知君興不孤。

宵沈聽玉漏，興劇倒金尊。燈影兼人影，潮（聲）〔一〕喧雜市喧。海雲低度檻，山樹近當門。念此堪充隱，何心答巨源。

〔一〕『聲』字為手稿衍。

偶成用前韵

閉門不覺春華美，臨水方驚節物徂。為惜繁英成獨往，好尋俊侣得相俱。幾年長路傷疲馬，
此日違山足聽蛄。最是盤陀解人意，倦來欹對海雲孤。

春來簾外瀟瀟雨，猶有殘聲到酒尊。獨坐已憐花事盡，清吟無礙海潮喧。堆盤野簌鮮宜箸，
傍砌新苔長到門。便擬浮沈了身世，人間何苦覓桃源。

乙卯

劉小宋屬題大武書虎字同鯨公韵

健兒今日多投筆，誰記軍門一筆書。此後荒江風雨夜，應無魑魅瞰經廬。

阿同筆勢豪雄甚，誰（不）[一]道摹書勝自書。乞与東湖好藏弆，他年聚訟到瓶廬。

陳仙夆、黎凫衣有詩贈答，次韵奉酬

仙夆與我三年別，別後重逢劇悲喜。凫衣七年始相見，被服蒼然一道士。故交落落幾參辰，
世論紛紛各牛李。天外浮雲偶然合，胸中世事那能理。豈無旨酒滿金尊，尚有寒泉烹石髓。
羡君意態如野鶴，笑我癡頑猶凍蟻。高談不覺座生風，妙喻真如瓶瀉水。相看衫鬢非少時，
屈指鬚眉俱老矣。天涯聚散何足道，人生俯仰都如此。不如詩翁騁健筆，更有畫手傳神技。
雕鎪心腎鉥肺肝，較量黑白窮非是。二豪白戰不可降，卅年墨戲今餘幾。請君十日五日間，
著我千峰萬峰裏。此時霜月來清夜，正見楓林映江汜。綴枝殘葉餘丹纈，繞砌繁花尚金蘂。
撫今慨往百不言，興酣意到何容已。明年相望隔江湘，願君視此松溪紙。

[一]「不」字為手稿衍。

再和仙夆、梟衣

幽居無事真可喜，況復風流來二士。新詩視我日不窮，燦如三春炫桃李。坡翁沈泉半山逝，
調高弦絶誰能理。世人聚訟紛唐宋，撏撦皮毛失精髓。裊衣道人胸錦繡，巧如九曲珠穿蟻。
遠追牧齋近綺翁，不數碧城与瓶水。十年前和門存詩，散原驚歎觀止矣。餘事猶能作印人，
倦眼紛紜那知此。仙夆山人抱冰徒，别裁偽體識真技。兼綜眾藝何不廉，鄭虔三絶無乃是。
爾來日日事詩畫，睥睨倪黄今有幾，兩君新交我為介，相將覓句秋林裏。人生會難别太易，
梟衣幾日歸湘汜。我聞驪歌慘不歡，離心已逐隨風蘀。珠還劍合知有時，怨遥傷遠情何已。
當筵請歌客毋歸，為語仙夆速伸紙。

次韵梟衣見酬

我昔少年時，趹宕頗自喜。挾彈逐飛走，顧眄多豪士。從游亦偕南北阮，結客常携大小李。偶然載酒過子雲，復思樂志同公理。君時迎母來長沙，異方正覓千金髓。堂前上壽頌黄髮，杯底新醅浮緑蟻。二老歡顔猶昨日，十年彈指如流水。此後相思每相見，華顛漸覺吾衰矣。海隅轉徙非昔時，感君脂轄能來此。鬚眉颯爽驚座人，懷袖芬芳有餘技。嗟余文武兩無施，始信今非非昔是。荷池花柳不復夢，麓山雲樹今餘幾。招隱空思桂樹間，人家何處桃源裏。鞠跽高堂奉母慈，吴淞何必殊湘汜。龍華殘菊復欲花，鄧尉初梅漸含蘂。知君别後來不易，今年歸計何如已。相携更好續前游，為君寫盡吴中紙。

别黎六同吕十一韵

辛苦纔相見，須臾又别君。尊前餘斷夢，天際有歸雲。招隱虚前約，貽兒足異聞。臨歧知共慰，不用淚紛紛。

多少歡娱日，淒迷少壯時。衹今成隔世，迴憶有餘悲。事過人如醉，庭空月不疑。且拚長夜飲，未覺漏聲遲。

舊好餘陳吕，重逢話盍簪。詩篇聊自遣，别怨一何深。晚節知同保，孤花識此心。他時如見憶，為我更沈吟。

久别已難聚，倦游仍欲歸。迢迢對江水，惻惻送霜暉。念子經行處，知余儔侶稀。明春能泛棹，相共採紅薇。

壽徐戟門母

分野壽星輝北斗，門闌喜氣集南州。舊聞珈服金釭貴，新值壺觴碧藕秋。封鮓早時承諒節，升堂此日盡名流。潘輿衛幕渾閒事，不數雲間傳是樓。

寄皋農

長夏空齋百慮清，端居還憶老經生。書堂燈火餘前夢，高隴桑麻想太平。人世茫茫誰得料，殘年默默愧無成。蟠藤山色應如昔，知我懷君此日情。

病虎

鬱鬱樊籠裏，鬆鬆老病時。爪牙空自惜，筋力久應疲。猛氣猶淩厲，餘生有歎悲。可憐殊霧豹，他日尚留皮。

丁巳

題枷鎖圖

鐵窗紅淚依然在，白骨青燐恨已多。此是當時傳信録，不須文字託嚚俄。

題董文敏臨蘭亭册

五年不踏長沙路，絹素飄零事可知。蠹損塵封一惆悵，不堪垂涕憶兒時。

題畫蘭

霜葉風枝又一時，故山春盡感離披。憑誰寫出蕭疏意，付与風流楚客悲。

題道州殘字册

北派意多南派少，幾人能識道州心。破空殺紙渾閒語，莫向鴛鴦繡裏尋。

碎金安石存遺製，片玉崑山有舊聞。終勝賈人持一字，好教常侍集千文。

病起

安心是藥更何憂，病起翻欣百慮休。材略已銷英氣盡，卧從簾下看梳頭。

戊午

到廣州口占

二十年前疊鼓聲，今來仍向耳邊明。舊人老盡長隄改，棖觸平生是此行。

舊署

蕉滿牆陰榕覆池，春花紅上木綿枝。重來庭院都非故，惟有斜陽似舊時。

廣益堂

冠佩雍容數舉觴，當時職事戒無荒。廿年前事無人識，雪涕重經廣益堂。

南寧督軍署

節府森儀衛，軍容肅踐更。低徊廿年事，悽惻此時情。日映旌旗色，風來鼓吹聲。惟餘鈴下卒，相對説承平。

武鳴

馳道真如砥，輕車入武鳴。苕苕春欲暮，濯濯稻初生。野曠群山合，江晴一水清。主人能好客，何惜百壺傾。

柳州黄澤生舊屯

書生辛苦策屯田，萬眾臨邊氣凛然。往事淒迷餘廢壘，故人惆悵立寒煙。干戈早識身如寄，生死難忘意始憐。更向衡陽哀壯士，當時部曲尚無前。謂黄岱。

蘇橋宿張子武家

故人能好客，為我啓前軒。閲世尊喬木，宜人獨小園。楹書猶共帙，庭桂喜仍繁。莫漫嗟行役，新醅正滿樽。

暫歸仍是客，偶到即如家。樟老不知歲，榴紅已著花。驚心知物候，攬世感年華。僕僕誠何意，吾生亦有涯。

桂林道中

雨過山如沐，天青石轉明。亂峯争地出，初日共雲生。遠樹花還實，春禽語更鳴。不愁泥滑滑，清淺水中行。

柳州道中

春禽鳴谷中，嚦嚦如相語。但知居處樂，不復愁風雨。本非期客聞，聞者自淒楚。舉杖逐之飛，飛去知何許。人心有欣戚，鳥乃罹罪苦。始信無妄灾，即在快意處。

遠道

遠道無消息，傳聞有是非。冥冥真愧負，惘惘獨來歸。白首盟猶在，丹心願已違。愁心同淥水，無語對斜暉。

題蒲凡生先德詩意圖

山館秋清雨欲來，嵛峯正對畫圖開。却思老輩承平日，展向晴窗日幾迴。
世德清芬好護持，流風餘韵耐尋思。分明先友題辭在，黎文肅。舊日兒童鬢已絲。
蘇齋題字梧門畫，我憶西涯詩境圖。一事輸君轉惆悵，秋林寒對月華孤。

九桂堂花下作

又是秋清候，繁花正滿枝。寂寥人去後，蕭瑟雨來時。往事成今昔，餘香有夢思。孤兒翻涕淚，風樹感淒其。

不寐

獨眠情緒耐思量，不寐偏能覺夜長。燭燼似憐人寂寞，魂歸猶有夢荒唐。玉簫再世知無分，錦瑟當時只自傷。苦憶平生成底事，滿窗寒雨送淋浪。

愁心

愁心如霧復如煙，百轉千迴繞夢邊。乍醒尚能聞笑語，孤鐙長是照淒漣。也知茵溷難同命，未必蘭膏本自煎。家國年來無限恨，不因追憶始潸然。

夜坐

了了殘更入聽餘，泠泠寒雨到窗虛。静中偶悟鐙明滅，定裏寧論境有無。方死方生聊自適，觀空觀我竟何如。此心不是無歸處，可奈根塵未剗除。

十二月廿四夜作

猶是平生意，依然入夢來。有情知不泯，無語更堪哀。一（斷）〔一〕折金釵股，悽迷玉鏡臺。憐君何處去，欲去轉徘徊。

〔一〕『斷』字為手稿衍。

己未

元旦試筆

日月堂堂去，風光漸漸新。只憐人事改，不覺歲華（新）〔一〕春。客思三千里，生年四十身。遙知黃歇浦，柏酒正初陳。

苦憶兒時事，忽忽一夢過。寧知中歲後，無奈少年何。棗栗看猶是，屠蘇飲不訛。相關惟爆竹，盡日莫辭多。

〔一〕『新』字為手稿衍。

秋醒二首

夢醒鐙殘風入幃，涼秋曙色漸熹微。沈思死趣應如睡，苦憶生平轉益悲。鄰語有時來客枕，晨光何意上人衣。明知真感銷難盡，也擬餘生學息機。

塵涴妝臺蛛罥幃，高樓此際曙光微。分無明鏡函雙影，猶有疏鐘送一悲。將母可憐成隔世，遺兒誰復製征衣。年來潦倒成何事，慙愧當時罷織機。

威聖和詩奉答

鄭公鄉与董生幃，尚想高山接翠微。詩興老來猶鬱勃，世情今日雜歡悲。夢迴苦憶重陽酒，秋盡寒生九月衣。慚愧平生相顧意，未能心事兩忘機。

和大武九日見寄韵

異地同佳日，征人感獨寒。客中無節物，愁外有鄉關。酒薄心仍醉，年衰帶已寬。向來飛動意，真作等閒看。

久客渾無覺，書來始有思。孤飛雲了了，獨坐日遲遲。世事憑翻覆，詩情雜喜悲。茱萸堪滿把，辛苦欲遺誰。

題日記後

歲月堂堂逝不迴，年華冉冉老相催。可憐邱貉成今古，未信雲龍有去來。薪盡更傳初厝火，劫餘還溺復然灰。平生自計能無愧，潦倒何心對酒杯。

為徐大題智永千文印本

目迷秘閣叢殘帖，誰識王家有素風。一笑平生應自識，居然驚走為真龍。
唐賢法乳出禪師，石墨誰分骨與皮。無限真人天際想，此生應恨不同時。
考帖評碑意若何，半生辛苦慕虞戈。當時若使蘇齋見，省識王家隼尾波。
絶技真同鏡取影，雙鉤響搨復何須。此時眼福真無量，三表熊熊照座隅。魯公三表時在几案。

夢還荷池故居

夢魂不為關山隔，揩眼還能識故扉。廿載雙棲重到處，孤行千里獨來歸。充庭橘柚垂垂實，轉瞬房櫳步步非。猶是當時携手地，傷心無語向斜暉。

閏七夕

再喜佳期近，依然秋氣清。匆匆前度夢，脈脈此時情。鵲駕應勞止，蛛絲倘織成。莫辭歡會數，一樣別愁生。

庚申

元日試筆

舊俗仍元日，他鄉復此辰。飛騰人意喜，浩蕩雨聲春。爆竹家家急，門符處處新。定知今歲好，詩筆已如神。

消息

消息經年望已遲，隔河心事費猜疑。聘裝早借天錢辦，仙使何曾月斧持。石闕銜碑愁不語，金莖承露更無時。可憐橋畔群烏鵲，待得佳期（又）〔一〕復後期。

游萬華巖贈陳九韶

南軒曾剔苔封古，七百年來復此游。已泛木罌窮急瀨，更然松炬照深湫。冥行人似蟻附蟻，奇境石如牛戴牛。濟勝輸君腰脚健，笱將容與涉中流。

〔一〕『又』字為手稿衍。

頻歲好為山水役，而今不覺淡山稀。月巖風洞誰堪比，鬼斧神工縱此奇。鐘乳品瑩如束筍，石田層疊自成畦。匆匆游賞知難盡，蠟屐何當約後期。

題淵默雷聲齋圖

充隱能無意，還家故有思。遥憐圖畫裏，猶是別離時。白髮行將老，青山更不疑。他年重展對，應惜此棲遲。

清明

忽忽又清明，年年復此情。雨聲隨意遠，春水更愁生。上冢能無憶，還家夢易醒。幾時寒食路，重省舊栽櫻。

三月三日作

二十六年事，尋思一夢中。歡娛人事盡，棖觸歲時同。尚想平生意，依然上巳風。呢喃聽燕語，知否舊堂空。

七夕與大武及諸公餞飲

又是金風玉露時，廿年來事一尋思。深杯中酒情懷好，小院迴鐙笑語宜。幾輩賓朋嗟老大，重逢兄弟感分携。只言天上佳期近，無奈人間苦别離。

七月十五日作

塵世年年此令辰，清秋迴憶有酸辛。尋知人与青天遠，不覺愁兼白髮新。香燼更無煙冉冉，雨餘猶聽水粼粼。當時謦帨今猶在，一度思量一愴神。

宿舊闈有感

房櫳猶是當時舊，事往人亡劇可哀。閔默自傷年荏苒，殷勤還似影徘徊。明燈笑語情如昨，寒雨淒泠夢不來。歸旐今宵泝湘水，知余欹枕懷城隈。

題兼民尊人桂叢先生烏壘訪碑圖

塞外氈椎有二碑，緘題訛讀憶兒時。可憐老大頭鬚白，淚灑東川觱栗詩。姑默令君真好事，親携翠墨躡層雲。車茵賸語吾能記，留與他時續舊聞。

手澤摩挲二十年，碧湖賓客散如煙。承平年少今誰是，只為當時一惘然。

贈蔣荃青

南楚多才傑，如君邁等倫。相逢正離亂，常與話酸辛。每憶芝山色，難忘避世人。何當一杯酒，重醉太平春。

辛酉

元日試筆

天意如人意，年新与世新。雪餘晴日美，花發滬江春。賓客皆同好，兒童日以親。歲朝宜共慶，下筆各輪囷。

記夢

庭院深深日影遲，廿年前事夢魂知。牀帷半掩人聲靜，正是而翁午睡時。

衣桁中箱滿曲房，背人親撿舊時裝。迴眸一笑知無恙，誰信人間久斷腸。

題梅盦觀霞山莊圖為劉小宋作

劉君知我多惆悵，出示觀霞舊畫圖。妙手丹青今已矣，故山風物世應無。茫茫便有人天感，寂寂還為水竹居。歸棹倘逢陳伯子，為言樵隱性相如。

題盧鴻滄僧服像

自我識盧子，於今十六春。每逢危難日，獨見性情真。出世能無意，傳家故有人。欲知塵外賞，看此畫中身。

昨過南屏下，聞君正買山。苔封不可到，靈境想難攀。感此懷前事，慙余非昔顔。何當一相訪，為爾扣松關。

代曾九作題畫詩

皾佩雍容五十年，老來妙墨更如仙。放燈時節團（圓）〔二〕圞月，盡照春花入綺筵。

〔二〕『圓』字為手稿衍。

舊游長憶六朝山，秋菊春蘭取次看。何似畫師新粉本，門闌喜氣一時還。

題余倦知古稀偕老圖

槃翁妙點神仙筆，二老風流入畫圖。昔是鷗波偕魏國，今如蠶室伴田居。雍容紱佩賢相敵，
窈窕丹青世所無。傳與鄂州諸父老，一時同慶使君殊。

壽母歡榮舊舉觴，當時鞠䏰正升堂。已看姑婦承家美，並有神人駐景方。詞筆椒花新作頌，
庭階玉樹儼成行。年年記取春鐙節，此是登歌第一章。

壬戌

元日寄示大生

爆竹聲中夜嚮晨，庭梅香裹入初春。明燈笑語兒童樂，細雨簾櫳景物新。佳釀乍醒除夕酒，異鄉還憶遠游人。不辭最後屠蘇飲，遥屬天涯更一巡。

五月十六日有感

五載今朝事已陳，更無人憶舊時人。輕舟急瀨長征日，病榻深閨絶命辰。玉樹祇留黄土恨，牙旂空颭碧湘新。情知浮世都如夢，夢去思量亦愴神。

題吳玉書黃葉村圖　何槃叟畫

君方卜築傍清湘，我客江南已十霜。今日披圖同一笑，應知安處即吾鄉。

何人妙點丹青筆，槃叟風流世已無。畫裏鄉山歸不得，感時懷舊一嗟吁。

題田桓畫棲烏

揀盡寒枝得暫棲，此心終是向南飛。可憐繞樹無依者，後夜月明何處歸。

題辛克羽先生遺像

七尺鬚眉自有真，當時物論漫紛紜。誰知異代湛身者，仍是東林舊黨人。

題顧先生家傳後

書生殺賊尋常事，脱屣功名始足豪。志節豈因官職重，涇陽當日亦郎曹。

題畫

垂柳依依日影遲，小舟閒泊近江湄。風前正有黄鸝語，知是漁家最樂時。

為人題坐禪小影

蒲團是處皆禪坐，學佛何曾定出家。了得西來真實義，故應舉拂即毘耶。

題曾農髯畫海松

農髯本不畫，畫乃藏胸中。一朝奮筆起，四座驚神功。奇石盡天色，海氣生長松。筆勢若篆籀，欝屈蟠蛟龍。古人寧有此，信知書畫通。我見不忍攫，還之東家翁。試聽素壁間，謖謖來天風。

題大武壬癸日記後

當時只記嬉游樂，此日相看盡淚痕。境過始知春可惜，悲來惟有夢能温。流離骨肉半生死，澒洞乾坤幾覆翻。休論艱危家國事，酒徒今亦少人存。

粤行集

粵游集

癸亥元日

吾生四十四元日，海上經過此最初。日暖風和知粵近，春回物换感年徂。飽經憂患情彌怯，長恐貪嗔念不除。安得忘機從鷗鳥，滄溟浩蕩一相於。

元日試筆

海上逢元日，年年無此情。不寒風日美，微浪舵樓輕。舊俗隨烟逝，新題試蟹行。家人應祝我，傾耳似濤聲。

廣州雜詩

尚友軒二首

深院閒庭熟荔支，闌干步步耐尋思。書聲未歇爐烟爇，尚友軒前聽雨時。

小年兄弟記聯牀，後室垂簾隔電光。憨語癡懷同絶倒，只餘今日一迴腸。

舊居二首

紅牆銀漢渾閒事，脈脈盈盈兩不至。天上女牛應一笑，人間原不解相思。

去日妝樓有壞牆，舊經行處盡堪傷。當時已覺歡如夢，何況今來夢又忘。

附　重定戊午舊作

二十年前疊鼓聲，今來無限古今情。舊人老去長堤改，悽絶平生是此行。

蕉滿牆陰榕覆池，木棉紅上最高枝。重來庭院皆非故，惟有春風似舊時。

冠佩雍容記舉觴，當時職事戒無荒。幾年前事何人識，雪涕來過廣益堂。

無題和山父

酒釅香濃也自憐，輕衫惆悵晚風前。定無珊網沈珠海，猶有瓊枝照綺筵。人去只餘春寂寂，夢迴惟覺思綿綿。蕭郎自是能憔悴，忍向洪厓更拍肩。

黄埔泛舟乘月歸作

黄埔珠江水，當時跡屢經。少年如過夢，暇日又揚舲。思與流波遠，雲隨去棹停。欲知塵外賞，來看海山青。

近水斜陽好，群山漸悄然。潮來知海色，月上見村烟。烽火懷前事，風雲話昔賢。誰知多難日，翻勝太平年。

香荔何年種，今來已恨遲。空傳名籍籍，誰見實離離。佳樹千行得，危橋一木支。不辭衣屨濕，林下坐移時。香荔為黄埔特產。

小艇行廚便，維舟斷港西。無聲看辨具，危坐各依栖。夏水魚生粥，春盤蒜子雞。吴娘盛船菜，堪恐未相齊。

月好應如畫，香濃亦勝花。遠洋知市近，微浪逐船斜。坐覺凉生袂，翻憐客是家。吾生本無戀，隨處即天涯。

結交詩贈別楊滄白

弱齡涉世務，所慕交賢豪。常恐志業隳，不得參俊髦。夫子龍鸞姿，聲聞夙相高。經國歷艱屯，求友思嚶喬。投分尊俎間，相從幕府要。語合襟懷開，言清神理超。舍合信有時，離別豈云勞。不憂相見難，恐懼非所遭。時危多慨慷，道在常消搖。啓處誠不遑，感激從征軺。

次韵山父送別

才名海内更無兄，老我猶堪作從兵。偕隱未成他日計，將離還惜此時情。相思風雨應無寐，坐閱升沈意已平。感惠徇知為此別，肯令狐兔域中行。

別江霞公

不見霞公二十年，相逢仍未惜華顛。滄田閲世情猶昨，海月如家意共圓。別久不辭歡宴數，夢迴還憶革除前。與君更有重來約，莫為臨歧便黯然。

韶州別蕭萱

惜別意何重，相從惘惘行。炎風横石渡，斜日曲江城。去住原無定，關山空復情。明朝一揮手，應為數歸程。

樂昌舟中口占

臥聽風聲復水聲，小舟洄溯碧流輕。世人不識瞿唐峽，枉使清溪被惡名。
亦有灘聲隱若雷，環流回洑雪成堆。篙師鼓努同呼暑，始識長年不是才。

舟中坐雨作

客行無六月，農事有三秋。霖雨人同喜，瀧江水急流。期程應緩緩，孤棹轉悠悠。正有南風好，長年莫漫愁。

六月風來已作秋，瀟瀟涼雨打船頭。箬篷臥聽應頭白，攪起行人無限愁。

黄歇浦邊冰作乳，海珠堤畔雪為糕。料君正賞簾纖雨，付與征人添鬱陶。
衹道炎州火作山，好憑凍雨洗愁顔。幻心顛倒恩成怨，始悟冤親一例難。

桂陽道中詩

流轉兵間已自傷，舊時朋輩幾存亡。征途無盡人將老，烈日炎風又桂陽。
黄雲滿隴稻如京，山翠森森萬木榮。此是湘南好時節，愧將行役負平生。
小筧蛇�畦上下，老松龍卧路東西。炊烟欲散飯初熟，茅屋家家雞一啼。
田家作苦千門静，客子征途五夜行。惟有鳴蟬能自在，隔林時送一聲聲。

山中夜行

人遠如行蟻，鐙微若散星。寒知兵氣近，酒入客腸醒。身世憂方大，松楸露已零。吾生竟何補，閔默過郵亭。

七夕坐雨

佳期只向雨中聽，客裏秋清夢易零。欲挽銀河渾未得，漫從雲罅數雙星。

年年此夕等閒過，夢醒如今喚奈何。不借天錢償詩債，將同湘綺一吟哦。

讀史

刎頸論交計本疏，張王畢竟負陳餘。恩深交甚成輕絶，泜上何心更寄書。

中秋夜獨坐

客久渾忘佳節度，宵深微覺薄寒侵。轉因無月憐良夜，剩有空庭寄獨吟。蝸角也應悲戰血，蛩聲誰與送秋心。不辭悵惘思前日，多恐來年復似今。

出游西郊紀之以詩

西禪寺

城外西禪寺，知名二十年。寫憂還命駕，閲世且隨緣。僧苦聊行乞，碑横更不鐫。王翁湘綺丈安可見，懷舊一悽然。

花藥寺

花藥何年寺，僧徒指宋碑。猶餘千像設，尚想四威儀。舍利存空塔，菩提悟本師。出家仍藭惱，讀記轉然疑。

嶽屏書院

小徑依山足，委虵上（翠）〔一〕嶽屏。只看高樹碧，誰見遠峯青。舊學人無問，新堂暮已扃。少年嗟濩落，慚愧對橫經。

〔一〕『翠』字為手稿衍。

題曾九畫蓼莪

農髯畫筆自權奇，為感烝嘗寫孝思。我亦鮮民愴霜露，那能重誦蓼莪詩。

萱洲河黄岱墓

當年戰血縱橫地，今日荒涼剩一邱。身命早知輕九死，姓名誰復冀千秋。同仇貴仕殊人鬼，
歷劫村氓問在不。世事覆翻誰料得，傷心重認舊濠溝。

馬鞍山

籃輿輕度自安便，誰識當時戰血殷。記取明朝作重九，秋風秋雨馬鞍山。

道上蟲聲有作

秋風摇落已無蟬，尚有蟲吟蔓草邊。徹耳響如鈴索永，斷腸聲與玳箏傳。樓頭思婦人何在，陌上征夫馬不前。棖觸平生無限恨，斜陽獨立意茫然。

夜發朱亭口占

言沈箸絶正然疑，恰有青禽為致詞。風露宵征亦何憾，忍聽凝血似凝脂。

事往

事往忽如夢，秋來始願春。微茫塵外想，悽惻眼中人。情話新還故，愁心夜嚮晨。百年猶一覺，辛苦著閒身。

求友

求友九州内，知心能幾人。已嗟名輩盡，獨與亂愁新。惻惻干戈際，瀟瀟風雨辰。沈吟生百感，肝膽尚輪囷。

黿頭墟以南是五年前行軍處

五年曾是軍行地，今日經過送一哀。人事自然多坎壈，餘生何意涉崔嵬。絶交書早從兒讀，憶弟詩成有雁來。已墮修羅復何語，可憐故壘長蒿萊。

道旁紅葉多烏桕，感念有作

烏桕經霜也自紅，幾人還憶麓山楓。可憐愛晚亭邊路，猶坐當時送客風。

度蔚嶺

度嶺方知別有天，筍輿盤辟萬山顛。行人莫訝春陽早，十月桃花紅欲然。

過風門坳

舊説樂昌道，巉巖不可名。今來看斗絶，始覺異平生。險為征途慣，心因患難平。村民相勞苦，真欲悔言兵。

洞房謡為蕭紉秋作

紉秋故有所眷，不獲相從而死。一日，恍惚見其來，初若甚妒，忽前執手，勞苦如平生。紉秋自以愧對之，悲惋欲死。其人似覚所以，慰藉良厚，且曰：『日日相從，今特使君知，非欲相惱。』紉秋述其事，辭甚悲苦，乃感激而作是詩。

洞房窈窕天難曙，玉鉤摇曳如相語。帳底春人癡若雲，夢魂不到燕臺路。此時懷君兼恨君，
將前復却神逡巡。恩深愛結怨不得，斂眉執手何殷勤。與君相憐不相妒，日日隨君君不寤。
吾今見妾知妾心，似識君心有新故。故寵新知君自歡，潛思舊事涕汍瀾。不怨仳離轉相慰，
始知慧女非癡男。真感由來終不滅，別離有盡情無歇。夢迴臂冷人凄漣，屋梁正有來時月。

重過韶州

一身原是夢，四海已無家。不用誇籌筆，依然走傳車。詩成疑似讖，愁絶且看花。慚愧南征意，歸心逐暮鴉。

聞道

聞道傳烽急，真愁劫火侵。河山終不改，神略一何深。十日勞奔命，三軍苦用心。不須憂大敵，早晚自遺禽。

夢醒

往事淒迷不可思，春蠶死盡尚餘絲。翩來倏逝非無意，愁見魂銷夢斷時。

題銕禪上人六榕香雪圖

我昨度嶺尋早梅，十月嶺頭花未開。今來重訪六榕寺，畫裏香雪能徘徊。上人於心無厚薄，一任花開與花落。妙手流連寫作圖，春風欲滿阿蘭若。我家亦有花千株，豈意今日同樵蘇。六榕千年尚泯滅，况乃凡卉何嗟吁。人生清境得易失，事後思量無一物。可奈流年冉冉過，又看江樹垂垂發。懷舊傷春總斷腸，平生去住兩茫茫。我別海南三十載，再見花塔摩穹蒼。昔日同游幾人在，青衫已逐華年改。羅浮螺影東山芝，上人室中有之。只今又是春如海。赤手屠鯨愧未能，青鐙禮佛自相應。翻笑魚山苦作健，長年綺語如春冰。馮魚山《梅花詩》克藏寺中。上人昔時好身手，曾逐狻猊向南斗。袈裟一著心魂清，為問銕衣今在否。感此終當悟本師，世人對我空然疑。澹歸髠殘不足羨，寺有二僧書畫。流傳書畫人點嗤。物論紛紛那可料，忙者自愁閒自笑。一花一葉定何如，非樹非臺誰得覺。却憶趍庭學詠時，官梅何處今更少。忍將曹洞西來意，寫入揚州東閣詩。

紀夢詩

華鐙錦幄紅氍毹，金牀四照垂流蘇。美人玉色雪作膚，不言不笑在坐隅。故人嬋娟起相賀，君今幸得傾城姝。坐客滿堂盡撫掌，陸弟含笑顏敷腴。張侯向我能屈膝，峨冠貂綴尾半逋。此時明月來庭除，亦有鼓瑟吹笙竽。忽然阿母褰帷來，色若不豫神有餘。似惡華飾戒泰驕，盡下簾帟屏幘珠。奴子傳呼府君起，肅肅競作庭中趍。簾垂幕下不敢入，遽然夢覺悲羈孤。吾聞至人本無夢，空諸所有成真如。又聞樂令強分別，是因茲想徒軒渠。嗟余學道苦未至，胸中妄念無時無。每思鶉首醉聞樂，何冀鼠穴求乘車。夢魂顛倒計亦得，得見逝者來須臾。不須標置強自飾，信有樂國觀華胥。

續廣州雜詩

三公祠廟化為烽，粵秀書堂泣暮蛩。惟有五層樓上月，引人愁思入寥空。

六榕今日本無樹，花塔長扃已不登。付與游人供指點，尚王宮殿月如冰。

題陳愷良畫

白雲滃鬱水灣環，此是江南畫裏山。領略清溪好風景，樓人更比釣人閒。

我昨南行過九峰，雲山迴合萬杉松。溪頭略約水流急，盡入君家畫本中。

題李協和藏麓台畫卷 鈐有『畫圖留與世人看』小印

退食雍容得少閒，枯毫寫作富春山。蟠螭小印親鈐記，留與人間子細看。
好古風流孰似君，偶然行篋已繽紛。何時並几清齋裏，盡讀琳琅秘記文。

海南行贈沈演公

海南歲暮如春深，風日和美花滿林。故人一笑喜相見，二十五年猶似今。今昔風光同爛漫，
只嗟世逐流年換。憶我與君初見時，君年未壯我始冠。承平方鎮皆儒宗，多君年少能雍容。
信有帶圍簪芍藥，居然幕府簇芙蓉。君家家世泛無匹，地望門材俱第一。烏石三山故國樓，
藥洲九曜南宮筆。冠上明波鎮似珠，茗談酒座時相於。大官庖饌誇劉姝，臣裏羹湯數宋魚。

山陰佳釀琉璃盤，潘叟翛然能引滿。我時不飲亦不醉，坐聽吴儂語清軟。評碑讀畫王與陳，就中君我能鮮新。已驚醉語憂生事，欲遣諸兒事譯人。一别果然人事改，轉眼繁華不相待。城郭重來已盡非，誰云華髮能常在。相見偏多憶故情，新篇示我眼逾明。精廬花木仍娟好，舊日賓朋半死生。廣益堂空餘蔓草，尚友軒前塵不掃。倦客都從劫後過，詩人只向愁中老。老去空留幾卷詩，招携蕭寺訪禪師。補榕亭下悄相對，夜色初上梅花枝。花塔巋然寂無語，但看人世成今古。借問天龍一指禪，何似靈鼉數聲鼓。談空説有意何如，卅載經過即史書。請君料理題詩壁，後日尋春到演廬。

蕭禮衡五十生日

兄弟論交二十年，相看華髮各盈顛。飽經憂患知誰健，行遍關河覺子賢。大夢百齡今始半，抗心千古更無前。知君自有聲聞壽，約我他時作鄭箋。

和桂南屏見贈韵

桂為星垣先生姪、皓庭先生子，曾持松禪書見先公者

早歲曾登湘綺樓，已從龍樹識名流。承家舊學尊南海，仍世經師屬夏侯。薦士當時同説餅，論詩今日更輸籌。階前玉立諸郎俊，莫向周南歎滯留。

端午枕上偶作

補録

蒲艾當門黍滿盤，承平時節盛衣冠。夢中渾不忘佳節，惆悵年時有墜歡。
客裏誰知節物妍，南風紅熟荔支天。我今别有江鄉思，一尺鰣魚角黍筵。

夢醒口占

五夜殘更聽轉明，夢回猶是廿年聲。誰知老大成孤負，腸斷當時戒旦情。

桂陽道中見田家行汲以灌溉，意殊憫之

桔槔抱甕何愚智，重與經行到漢陰。我欲一言殊未敢，恐緣機事有機心。

行舊時衢巷有感

湫隘囂塵舊所嗤，今來翻覺耐人思。肩摩轂擊長沙路，頗憶承平犯夜時。

樂昌道中卧聞灘聲，頗憶珠江小舟破浪時，口占一詩

珠海飛船欲破空，浪花如瀑亂流東。即今夢想奔雷勢，何異瀧聲沸鼎中。百里盤旋三日過，寸心消息一時同。人生作健徒為爾，擬欲回舟任水風。

舟中坐雨作 又一稿

作客渾忘暑，為農必有秋。甘霖人意喜，急瀨水争流。風雨宜無寐，波濤勢未休。南風好相送，舟子漫言愁。

豆花

自是人間有用身，不矜香色鬥芳新。城中何限閒花草，只與游蜂閧一春。

甲子元日試筆

在昔軒轅紀，龍飛肇此年。貞元今歲始，雷雨立春先。尚想中興業，重尋皇極篇。太平端可致，努力仗羣賢。

永憶趍庭日，親知盛海南。嬉春卅年夢，故事幾人諳。老去兄悲弟，書來女勝男。新詩應在道，喜氣滿雙函。

聞雷

新春端與歲俱來，梅菊桃花一例開。送喜不聽然爆竹，周庭竟日有長雷。

銕禪和尚招看牡丹未赴，以詩示之

重欄深護道人家，舊蘂新枝豔有加。南海自饒春富貴，不須珍重洛陽花。

法源寺裏舊吟身，崇效階前蹴作塵。争似上人能長養，年年來看玉樓春。牡丹名。

花穠原不待春深，元夜鐙前盛盍簪。應與六榕添故事，更傳圖畫到禪林。

風風雨雨識春歸，不道尋春願總違。留取他時好相見，諸天長與護芳菲。

重過舊署有感并吊楊廷培

舊地重經慘不歡，思量今昔幾辛酸。池王牆壞叢蕉盡，人去樓空夕照殘。千劫可憐同旦暮，孤軍誰與念艱難。何須苦説兒時事，新有陳人骨未寒。

業花

不妨低首學奴書，春業新花二月餘。此事楊風真不料，只知一葉報秋初。

題宋阜南畫

樓閣參差塔影閒，春來樹色渡頭看。游人指點應相訝，此是營邱著色山。

刁斗聲中氣若雲，只今誰似李將軍。不須更數唐時事，畫苑風流已屬君。

為呂無悶題宋阜南畫

昔有將軍大小李，界畫金碧稱神工。後人立論強分別，遂使北派塹南宗。晉卿將家亦好事，烟江叠嶂傳無窮。後來兩生能作健，投戈講藝殊從容。數子風流豈不尚，上馬殺賊嗟無功。何如我友智且勇，絳灌隨陸能兼隆。江湘戰血在衫袖，腕底乃與烟雲通。憂患相從渡南海，偶然落筆非忽忽。知君愛此意有在，布帳浩浩來天風。吾聞南皮昔論畫，畫外無物非豪雄。兼資文武豈易得，天之所相亦已豐。方今四郊正多壘，未可握管思弢弓。語君圖畫好粉本，羅浮山翠韓江東。

題種菜圖 許崇灝乞題

官廚長是厭膏粱，誰信田園日就荒。要使士夫知此味，登盤親擷菜根香。
卑飛斂翼鳥將搏，蜀主當年鎮閉門。莫作英雄遲暮想，荷鋤誰似老農尊。
烟蓑雨笠畦邊事，亦是陶公運甓心。我對畫圖殊自愧，一春閒坐屋廬深。

木綿花同滄白作

高幹出林端，繁花自作團。不隨春樹碧，空映夕陽丹。餘火明金竈，微赧上玉顏。獨憐翻戰血，閒向雨中看。

花燭詞 滇人姓周，娶小姨，蜀人也

舊族青神貴，新婦紫邏家。鳴環來錦里，繡幰引香車。瓊樹朝朝見，夭桃灼灼花。團圞珠海月，長與照春華。

當年想公瑾，英發見雄姿。國色憐初嫁，軍容盛此時。瑶華今踵武，金縷昔填詞。別有催妝曲，新成奏凱詩。時下博羅。

黄花崗口占

夾道成陰樹已林，十三年事一沈吟。萬人歡動看今日，誰識當時烈士心。

題余仲嘉印影

櫟園瑑瑑衹堪咍，鄧石如趙之謙丁敬黃易始是才。屏絶萬緣歸正覺，印人中自有如來。

牧甫云亡倉碩老，於今誰與暢宗風。多君費盡鑽研力，好作他年一代雄。

夜醒

境好情彌幻，思多夢已零。化城游忽返，帝所醉初醒。栩栩知非蝶，熒熒轉憶螢。搴帷還一悟，孤月在中庭。

送楊滄白去官歸省

憂國嗟無補，思親願不違。肯將諸葛筆，遲撫老萊衣。海鷗風還熟，江鰣夏已肥。一官如脱屣，歡喜向庭闈。

梁案非無廡，楊玄自有亭。舊文斟譯雅，新帙發藏經。雛鳳聲能和，飛鴻意共冥。平生籌筆事，閒話老人聽。

南海烽烟日，東山幕府時。艱難諸將在，辛苦幾人知。事往疑功罪，恩深感别離。憐君知己淚，霑灑在臨歧。

離筵還命酒，異地惜分襟。師友寧無責，安危慮始深。去舟泛極目，仰屋但孤吟。料有平居感，知余日暮心。

齒落有感

少年日已堂堂去，舊侶今應漸漸稀。投老齒牙同墜葉，依人情緒感征衣。萬方一概仍多難，百戰孤軍未解圍。膂力既愆心力盡，餘生何處學忘機。

有憶

歷歷平空事，無端入念來。魂銷難作夢，心死不成灰。脂盝餘前印，征衣綻舊裁。瞢騰七年過，惟與影徘徊。

禽言

行不得也哥哥。不行將奈何。南山有網北山羅。為當高飛，不行奈何。
不如歸去。歸去還如故。胡為屢迴顧。
不如歸去。朝一咨嗟，暮一咨嗟。歸去當何作。

平陵道中口占

盛夏如秋暑不侵，松杉萬木氣蕭森。筍輿盤辟羣峰裏，恰憶看山向桂林。

往黄埔乘小舟甚駛

一水如馳道，奔騰萬馬聲。岸真隨眦過，舟欲破空行。激浪迷霜雪，飛流乍雨晴。迴看懸瀑勢，便起在山情。

題潘文勤消寒第一集册子

老輩風流儻見之，承平文物耐尋思。同時先友都蕭落，剩讀雷州兵部詩。册中潘文勤、張文襄、吴愙齋、董研樵、王文敏為先公年家子，皆先友。陳逸山詩今始於此册見之。胡篆當時已自遒，王文敏詩注：是日侍郎出示胡甘伯篆。張文襄王文敏吴愙齋趙悲庵各千秋。册中有詩。消寒號令同金谷，張詩注：侍郎約後八集逃舍者有罰。八集今應易訪求。

彝鼎圖書散若星，尚書第宅久凋零。龜巢半舫皆文勤齋名成荊棘，記我來窺福壽庭。文勤第宅在京師米市胡同，余於辛亥秋曾往過之，福壽庭榻猶存。

題滂喜齋蘭瑞圖册

叢蘭歲歲有新枝，寫出真形詫一時。想見承平無事福，朝官退食自委蛇。

窓齋藝事本多能，册中吴畫雙鉤蘭及叢蘭。只與胡石查秦子衡得並稱。嚴玉森詩列吴名，在胡、秦下。終是狀元詩句好，人間誰信有徐凝。題詩者，兩狀元最惡。

大武寄示近作次韵答之并示同作諸君

憶昔同游碧浪湖，遂情歌事方閒居。江山才俊相映發，珊鞭寶馬來踟躕。幾年流轉遂江介，
故人漸老新人疏。舊游忽忽已如夢，修名冉冉將何圖。我來庾嶺看梅鬚，君獨黄埔餐松腴。
大冶已驚金踴躍，篝火每聽狐嗚呼。莊子慙無衛足智，杞人早覺憂天愚。薄能九九亦禮士，
逐客一一還聽竽。艱難未信得稅駕，慷慨尚欲窮方輿。或云少嘗苦曰苦，亦頗自謂儒非儒。
紛紛萬事真泡影，皎皎孤月夾庭衢。此時知君正有憶，新詩遠寄聊相娱。名篇絡繹山出口，
俊語巧合秦無廬。嗟余久矣成廢質，感此頓覺同嘘枯。如聽笙聲下緱嶺，亦有茶味回都濡。
獅子所搏盡全力，象網求得真玄珠。盍簪文燕眼前是，願子長笑慎勿吁。

汪九詩來，疊前韵和之

苦我訪君來西湖，荷花萬頃南湖居。清游未竟鼻出火，僵卧石得稍踟躕。諸君奔走起相救，
慰我羈旅無親疏。病起幡然渡南海，亦知曼衍非良圖。兩年荏苒何所得，頭重齒豁髩鬚鬚。
長日飽啖盡荔子，味美差敵河豚腴。故人名篇遠相寄，開函絶倒為驚呼。人生取適即為樂，
樵隱真性何賢愚。世人紛紛耳為目，吹竽豈必真知竽。即今江湘盡澤國，洪波澒洞摇坤輿。
吾儕坐論豈足救，但使墨者常非儒。沈菑欲澹自有術，豈必痛哭隨唐衢。老夫如佗能偃蹇，
竊號非妄聊自娱。文武張弛道有在，仁義久矣同蘧廬。嘗聞禹憂天下溺，遂令一體成偏枯。
忘身殉物不自惜，終勝濕沫相呴濡。吾言誇矣君莫笑，真如窶人解衣珠。詩人底須作苦語，
我姑為作還吁吁。

閑止酬大武詩有見及語，次韵奉答

吾聞至人一笑與一吁，此心常如在淵珠。又聞真人與天合，入火不爇水不濡。先生學道四十載，久齊得喪忘榮枯。老懷閱世百無悶，天地何處非精廬。高吟不妨榻臘放，來書云大放特放，故戲用殷洪遠語。侍者正有隨清娱。胡為一念苦執著，謂我馳騁非康衢。我生問學了無得，未敢行墨徒言儒。偶然游戲非有激，肯為情死如伯輿。全名壽考兩不羨，南郭且濫齊王竽。移山自是夸蛾力，叟智未必儕公愚。爾來百事不在意，每每合眼成鼾呼。手胼足胝那足念，獨坐自覺顔敷腴。海風夜來涼枕簟，竟牀不俟鋪龍鬚。恰如大鵬六月息，會有羽翮窮南圖。天全神全病非病，攘臂幾類支離疏。艱難幾日會相見，請君聽我毋踟躕。死生聚散亦常耳，勿謂道阻行居居。海南風物至可憶，豐湖何必非西湖。

廣州七夕

綴玉編珠各擅場，萬家兒女競新妝。世人只道天孫巧，知否天錢竟未償。

橋成恰在立秋先，我亦槃跚似跛仙。烏鵲果然虛著力，卅年心事又燈前。足病不出，與前居廣州同。

得閑止詩及呋菴書夢詩，叠前韵答之

我思范蠡去五湖，功成志遂身不居。亡吴霸越等閒事，千金三散何踟躕。惟有西施不肯棄，一舸同載情非疏。始知軒皇亟征戰，素女窈窕方陳圖。古來賢聖盡如此，梨渦豈獨撫吟鬚。而我平生有微尚，四十學道求真腴。孤憤獨居意有别，馬牛一任旁人呼。閑止老人於我厚，疑我飾智將驚愚。夏子珍羞遠相寄，同聲詔我如笙竽。亦猶子桑卧不出，裹飯往食勞子輿。陰陽消息不可遏，恐遂飽死同侏儒。我感此言輒三歎，何異一句來中衢。陰重不泄世所尚，頗怪夏子空為娱。神人道殊情感合，高唐何必非桐廬。吾聞夢由因與想，不見可欲心始枯。兩君卧榻有鼾旣，衣履豈得辭沾濡。魯男不可柳下可，還君贈我雙明珠。護短憑愚實仙訣，知君對此當長吁。

六榕寺追薦陣亡將士

未是功成日，傷心萬骨枯。佳兵應自懺，縱敵恐非夫。佛力知誰度，人謀恨已疏。升堂慙後死，如見百靈趍。

方湖謡，五叠前韵

君不見員嶠千里環方湖，瓊樓窈窕仙人居。中有一人起微嘆，欲去不去心踟躕。此時月白明星疏，重門静閉森椒圖。洞房青莞陳金鬚，尊中玉液兼瓊腴。姱容曼睩為傳呼，胡為不樂坐愁思，旁人竊竊憐君愚。客有為奏清商竽，六鼇沸海漂岱輿。天將倚杵人侏儒，始知九原有天衢。悔不及時恣歡娱，乃舍璇室趍穹廬。地猶未老海則枯，迴飈吹雨愁霑濡。續續淚下如連珠，我謡君聽徒煩吁。

七夕謡，六叠前韵同大武作

銀河流雲欲成湖，黄姑織女隔河居。世人仰望空踟躕，乃謂一年一見無乃疏。豈知仙年固與塵年殊，天宫七政别有璿璣圖。君不見劉阮天台飯始罷，去時年少歸有鬚。又不見王質棋終斧柯爛，懷中棗核猶含腴。安知人間一歲天上非一日，翻與兒女相嗟呼。填橋更笑烏鵲愚，接翅各濫齊門竽。浮杯投杖即可渡，何用結駟還連輿。口耳相襲憐迂儒，聳肩攘首看雲衢。傷離恨別各詠歎，孰知靈亡夜夜常歡娛。亦有癡男與騃女，長生密誓同青廬。塵緣頃刻那能久，可如愛河一夕成乾枯。君知神仙誠有無，年年佇立衣露濡。不如守獨甘羈孤，卧看繁星如散珠，摭拾故事相嘻吁。

兒時雜憶詩

搓玉團金萬縷絲，豆芽新摘業花遲。雨聲恰似推篷聽，苦憶長安侍食時。

相逢姊弟恨無家，雪涕親斟飯後茶。説與癡兒知外氏，長辛店北路三叉。

霜鬢龐眉一尺鬚，萬言撐腹泣蟲魚。熏籠圍坐聽閒話，更乞先生為甚酥。

兄弟踉蹌放學時，迎門阿姐指加頤。書聲噪比晚鴉急，惟有慈親墮淚知。

閑止和詩有招隱意，七疊韵奉答

秋來憀慄忽不樂，獨居深念常嗟吁。故人遺詩招我去，好語一一如穿珠。恩深意重忍卒讀，疑有淚墨相和濡。追維疇曩百感集，涕泗欲出肝腸枯。我生膏粱好閒適，自斷吟款安田廬。忽嬰世網被牽絓，乃游羿彀為嬉娛。爾來夢想大同世，欲斬榛莽通交衢。艱難困躓未敢息，恥令俗子嗤懦儒。無家無我恣所適，以天為蓋地為輿。冤親一例苦樂等，聾者定辨鐘與竽。已墮修羅尚何道，避固非智趍非愚。君憂我病極苦口，有如升屋相號呼。每思舊游多異物，後有枚長前笥腴。中風卒倒死頃刻，豈嘗疾走編虎鬚。七日不汗事常有，何必白刃能相圖。小人言信行必果，不薄八俊賢二疏。方生方死同一吷，惟有真感為踟躕。我不能歸君不至，且志吾過傷離居。百年幾日開口笑，不如相忘從江湖。

倦叟書云散原以異人見目，八叠韵戲呈兩公兼寄頓叟

我年十二度關隴，南歸始識洞庭湖。父師延客侍坐隅，散原先生來起居。謂我誦習皆俗學，
亟亟舍去毋踟躕。當時無言有驚怖，豈意老大仍空疏。後來江湖每相見，有若平地瞻浮圖。
倦知老人龎眉鬚，呼吸道要餐詩腴。二老風流照江介，奔走豪俊相歌呼。名篇渡海如帆葉，
我亦感激忘其愚。頓叟從來弟畜我，憐我廢學同寒竽。欲藉吹嘘起枯朽，不辭瓦礫登車輿。
先生弘奬今鴻儒，説士每每升霄衢。齒牙餘論自不惜，老人過聽聊為娱。賸書相告應圖讖，
我其以異名吾廬。平生於人何所異，面貌豐悦中膓枯。俗塵三斗墨一斗，上酉下酉難濡濡。
今我何嘗異故我，卅載一瞬真彈珠。請公誦此但笑歎，慎勿編集歸湖吁。

答夏五和詩并示袁大，九叠前韵

我昔卧病西子湖，多君分屋從安居。枰水量藥百不厭，僮僕未敢稍踟躕。阿母親為檢湯劑，

視我猶子恩非疏。魚肥鴨美豈足謝，我寶此意真球圖。行年相較君長我，一事差遜猶無鬚。苦吟半生貌不癯，楚音吴語何豐腴。新詩脱手無淺語，上與都官相應呼。我雖强梁不敢敵，願息旗鼓於顓愚。且戰且學非易事，刁斗豈得齊箏竽。枕席行師盡虚妄，跋涉仍恃舟與輿。斷橋折軸紛滿眼，何人秋駕同尹儒。况今風塵日澒洞，苕霅烽火連嚴衢。湖山雖好未可戀，知君歸去為親娱。我昨宵分看的火，重楗固閉憐比廬。功成未識定何日，萬骨已向軍前枯。此時何心能獨樂，痛淚迸落衣襟濡。蘉庵語我靈胎徐，未免買櫝還其珠。煩君致聲為我謝，各適其適云何吁。

袁大有詩見懷，十疊韵答之

在昔數文派，桐城禪陽湖。方姚皆大師，乃伍惲子居。後來梅曾主壇坫，口欲軒輊心踟躕。君老於文篤義法，格律謹密無一疏。惟獨於詩不苟作，餘事頗寄填詞圖。乃今唱酬敵故叟，似鬥兩虎撩其鬚。才人固知無不可，雄豪而妙苦而腴。蘇句。余夏左龍洎吾弟，聲應闇答如相呼。胡為挑戰復及我，無乃以智思役愚。因思平生正多感，事往歷歷同風竽。太歲在卯月加丑，我生墮地斯權輿。君之降辰亦此日，長大矻矻同為儒。兩人蹤跡略相似，俱能健足馳高衢。誰知老去轉相遜，我多坎壈君康娱。矛頭淅米不可避，尚擬杖策登匡廬。雌甲辰與小戊子，信君集菀我集枯。功名成敗身外事，敢謂六轡今如濡。守身事親乃真樂，羡君寶此千金珠。杜詩韓筆會一手，不須望古頻增吁。

中秋對月，雨至有感

當頭猶是影團圞，誰信秋雲忽變遷。月亦如人時隱顯，雨真無賴動淒漣。山河破碎非今日，羈旅蕭條似去年。憶弟定知同不寐，可憐滬瀆照烽烟。

題十年磨劍圖

秋氣日蕭森，霜鐔試一吟。莫將恩怨事，孤負十年心。

題戴醇士山水册 有法相寺一幅，宛然舊游

天機清妙氣蕭閒，畫苑風流不可攀。尚有東洲文柏峴，故應鼎立道咸間。

修篁夾道今何在，虎踞龍拏剩老樟。却對畫圖生舊感，南高峰下憶斜陽。

題名人詩稿册子 皆乾、嘉人手稿

編珠集腋事應難，廿載搜尋得更刪。莊方耕邵二雲馮魚門程春海皆健者，不須流沫説船山。跋者皆但稱張船山。

經學常州有大師，數行遺墨耐人思。莫將試律輕前輩，此是唐賢應制詩。莊方耕寫《月中桂》試帖一首，跋者以為疑。

重九口占

去年今日馬鞍山，淅米矛頭任往還。人事自勞心自逸，又尋秋色向韶關。

感事

力戰終無濟，孤軍勢已殫。空餘壯士血，留與世人看。黄埔溯聲咽，雷峰塔影殘。東征意悽惻，辛苦望榆關。

義在羣知赴，時艱願總違。一人投袂起，萬眾出車遲。拯溺嗟無及，量沙事可悲。竟成觀壁上，慙愧總戎機。

車中有感

忽忽中年過，悠悠世味諳。只餘心況瘁，無復夢沈酣。形已支離似，人應寂寞甘。車輪轉不盡，誰信此腸堪。

用已非當學，心還與事違。兵間人易老，馬上治難為。世論憐相斫，師行歎失機。民疲身亦苦，有淚欲沾衣。

北江昔為通津，今百里無舟行矣，車過有作

飛車沿北江，瞬息已百里。江流静如睡，微笑殊酣美。行舟盡絶迹，泥沙沈不起。游魚弄其姿，見影不知避。逶迤自南去，潭潭如止水。對之澄心魂，境過味逾旨。吾思太古時，此水本如是。後人撓其真，強為舟楫使。擾擾數千年，昏旦無休止。誰知世事變，地用翻舍此。

水固不自料，棄置得所喜。始知為物役，真性諒不爾。忽然渡江口，帆檣爛成市。篙櫓起泡沫，迴流積薉滓。喧寂頓有殊，勞辛亦可已。自非謝人事，安得静中理。操懔令復悲，正苦不解耳。三歎視車轂，會者吾與子。

市村博士遊南華歸却贈

卅載聲名仰大師，飄然霜雪上髭鬚。南能北秀誰分別，珍重曹溪一句時。

小極

小極成無寐，相憐似有人。夢魂殊不隔，形影久逾親。愛我知勝我，忘身轉惜身。死生都幻境，翻覺病中真。

病起得悟

中歲方知病有功，此身鍛鍊已成翁。九鍼遍試膚生粟，百藥新嘗味勝菘。濟世方宜從破碎，閉房記欲補殘叢。亦知肺腑無能語，剩有微軀驗國工。

聞收贛州

已愧不鳴久，驚人望亦稀。尚能收大郡，應有賦無衣。脫兔兵如出，飛鴻公曰歸。便當持白羽，一為贛人揮。

曉發始興

曙色正微茫，江潯履薄霜。樹明初日大，雲靄遠天長。水上氣成霧，溪頭風作涼。北方寒更甚，應轉憶炎荒。

大庾嶺

自昔南遷路，北歸能幾人。我來苦行役，懷古一酸辛。路闊渾忘險，風和已似春。登山殊不覺，未惜往來頻。

聞吉安敗訊

趨利輕千里，終遺大敵禽。竟符楚歌讖，恨失贛人心。齒劍嗟何及，輿屍痛已深。何時當一灑，念亂轉沈吟。

重過大庾嶺

秦塞起梅鋗，漢城築庾勝。人亡世莫知，嶺乃擅其姓。冉冉千年過，蕩蕩天宇敻。如何張文獻，鑿石使山病。坐令遷謫人，搵淚紛相應。種梅始何年，夭矯遂厥性。老幹各怪醜，好花獨幽靚。繁如雲出山，皓若雪滿逕。人生偶值此，眼明心為净。我昨初過時，志與征徒競。看山既不暇，探梅亦未盛。山靈豈知此，招我迴鞭鐙。乃知香雪海，鄧尉殊未稱。地佳心自閒，風高寒始勁。陰厓明積雪，枯松卧危磴。奇石欲魅人，孤峯如立磬。不辭登陟艱，始歎往還更。古來賢達人，百輩此輝映。遭時事多忤，抱道心無竞。成虧本偶然，世遠人知敬。吾意未蹉跎，兹山倘為證。

游鐘鼓巖

孤峯突兀如樓船，下有洞壑相鉤連。束薪作炬始得入，盤旋忽出層厓顛。云此乃是仙人宅，石牀丹室今如前。鐘乳垂垂象鐘鼓，撞擊聲可聞潛淵。洞天福地世豈有，淡岩風洞人争傳。道人語我事仿佛，此巖開闢由飛仙。吾聞卝人古有職，刊山伐石窮深堅。山空穴在得有此，人力所致非天全。答云耳目取其適，世間何事非由天。推求迹象若可證，東海未必成桑田。旁人舌橋我自失，徑上絶頂風泠然。怪石如人足攀陟，下視平谷同奔川。梅花遠近若屯霧，庾嶺龍卧何蜿蜒。誰知此時懷抱惡，坐看嶺表來烽烟。

大庾梅僅嶺北有花，知昔人『南枝既落北枝開』之誤，題四截句

嶺南百樹自杈枒，不見枝頭處處花。我本來遲翻似早，此行真不為春華。

度嶺香風拂面迴，始知花是北枝開。何人得似梅風格，肯與寒威鬥勝來。

十月先開不為春，耐寒猶是舊精神。可憐北客閑言語，誤盡從來度嶺人。

嶺南和煦花猶靳，嶺北高寒花欲闌。從此應知梅性格，好花都向北頭看。

輿中口號

多少蒼生淚欲傾，路人猶自説歡迎。傷心掩耳南康道，怕聽窮檐爆竹聲。

贛州瓊花

蕃釐觀裏舊瑤枝，仙種何年此地移。倚樹攀條一惆悵，我來偏及未花時。

生日

四十六年過，頻年患難中。衹餘身世感，幾見酒杯空。事往思逾幻，兵多敗亦功。未須嗟老至，且署黑頭翁。

除夕寄大武

在山猛虎今無有，赴壑脩蛇歲已逋。萬竈烟沈兵氣静，一丸泥塞瘴關孤。每因爆竹思嚴陣，幾見新桃換舊符。我本欲歸仍未得，輸君最後飲屠蘇。

詩以道性情，訒盦所為詩，芬芳綿邈極矣，而自有一種縱横跌宕、不可一世之概，蓋其性情然也。若必執某家某家以求合，則偵矣。故不知訒盦者，即不能知訒盦之詩。予不知詩，而知訒盦莫予若，輒攄所見如此。或謂：訒盦頗不主故常，而所為詩動合矩度，一字一句，俱有典則，抑又何説？噫！為此説者，果足稱為知訒盦哉！

丙寅小除，閑止注

融冶漢魏唐宋之菁英，發攄高朗雄奇之懷抱，故能掩有衆長，不名一家，豪宕中時出名理，自成標格，從容籌筆，不廢歌吟。擁鼻儒生，自慚蕭瑟，度量相越，豈不遠哉！

己丑三月清明後一日，湘潭袁思亮拜讀謹注

沈潛漢魏，得其神髓，掃去陳迹，力出清新。機杼雖變，胎息自深。施之於古體，則神理彌完；施之於近體，則風味遒上。唐宋作者，莫不如是。無畏非學於唐宋人也，而其道自合。

敬觀拜讀謹注

丙寅秋八月，黎承福讀竟謹識

丙寅冬日，紱慈讀過

訒菴詩稿

訒齋詩草

乙丑元旦試筆

故事仍元朔，初陽值今辰。鳥聲庭外樂，梅訊嶺頭春。人老書猶未，軍行氣已申。年年今日意，常與歲俱新。

偶行

信步尋春信步歸，東風習習欲吹衣。劫餘廢寺留殘瓦，雨後高原過落暉。小病始知勞是藥，中年惟有影相依。旁人錯擬今山簡，誰識情懷與世違。

看調馬

少年身手今何在，不向春郊鬥馬蹄。獨倚轅門看磬控，偶思墮塹想提携。飛騰意氣逡巡盡，神駿生涯（聲）〔一〕款段齊，欲就蟻封還一試，可憐金埒已成蹊。

郊遊

春風吹雨颯然收，招我同為郭外游。行子急裝如獵户，人家盡處有碉樓。水田漠漠犁初活，山樹青青葉未稠。稍喜郵農事東作，不緣風物久淹留。

〔一〕『聲』字為手稿衍。

温泉

湞上温泉美，春和小浴宜。略同修禊事，尚想在郴時。沙淺跳珠密，源清瀉玉遲。朝朝騎馬去，應勝習家池。

春望

春風細細雨絲絲，正是郊原緑徧時。歲月與人同易盡，山川滿目竟何之。驕鷹疾下如相搏，駿馬跑空不受羈。且就榕陰敷坐具，冥心物我兩無知。

大橋道中所見

前路轉悠悠，經行始欲愁。伏尸何日事，出骨幾時收。世亂生民賤，人亡大業休。荒田誰復問，閒殺島旁牛。

出門

出門無所詣，四顧欲何之。惆悵人將老，徘徊意自疑。感深情側測，心倦步遲遲。正有冥行歡，無爲泣路歧。

吊飛機懷楊仙逸

排空馭氣真何有，糜頂捐軀事可哀。馬草早知非達士，牛刀終是枉奇才。當時曲突人安在，今日娑羅樹亦灰。也識虛空同粉碎，轉因知舊一徘徊。

養癰

屏息斧碪下，真同待決囚。養癰自貽患，剜肉更何尤。乍醒疑非我，沈疴得暫休。瘡痍多未起，翻愧為身謀。

三月三日作

三十年前今日事，一時和淚到心頭。洞房簾箔春如故，華屋山邱恨未休。老去也知歡意盡，宵來無復夢痕留。朱顏綠髮誰長在，且向人間恣獨游。

卧病

聽雨聽風静裏真，小樓卧疾又經旬。分陰易去誰能惜，大患元知是有身。左肘楊生今日夢，後庭花唱隔江春。人間喧寂時相倚，欲掃聞根事養神。

暮春奇寒寄弟

南中春老尚凌兢，一夜嚴風欲作冰。鶉首此時真帝醉，鶴言他日記堯崩。閱人自有炎涼異，飲水應多冷暖徵。上巳吴淞正飛雪，來書云然。空知今復苦寒增。

寒食憶舊事寄山父

三月木棉應著花，去年是醉使君家。衹今連日愁寒雨，無復披雲鬥早霞。春老鶯飛真似夢，人亡国瘁有同嗟。愚知定有津橋嘆，不爲題詩感物華。

述病詩

一卧遂經旬，生來未嘗有。鬆鬆髮始華，曆曆肘生柳。養癰本無意，諱疾亦何取。兵間逐流轉，身外隨可否。蹉跎千里途，纏綿三月久。鉛刀誤一割，藥裹終相耦。垂庭龍吐蔡，探穴虎翕口。流矢浴白肉，左輪殷貫肘。豈惟謝騰跨，逝欲辭趍走。不治將恐深，有間厭無厚。急起趣舟車，志欲脱枷杻。殷勤華元化，平生醫國手。洞垣人已見，刳瘡刃可剖。進以麻沸劑，醉若茅君酒。塊然身與形，倏爾酉及丑。醒來忘人我，病去疑擊掊。始信死無知，但覺生亦偶。擬夢固非倫，説鬼將益醜。沈疴已霍然，小極信无咎。是時天若雨，静卧室如斗。明明燈照榻，淅淅風穿牖。孤嶼水中央，平潮屋前後。心安體從令，意浄身無垢。六月亮可息，三尸何用守。偃蹇謝將迎，慰問勞賓友。堂堂白日徂，忽忽青春負。得閒殊不易，此病真非苟。轉愁出門去，忽復落世紐。得馬恐非福，不材始為壽。將得全其天，自儕支離叟。

次韵汪九、大武上巳大雪之作 時廣州雨雹傷人，群謂為雪

炎方不識雪，説雹猶説夢。相驚人牛壓，未覺闗河凍。少見固多奇，金輕宜羽重。豈知江海壖，正有寒雪霿。詩人易為感，佳篇遠相送。一言貫天人，萬象赴搏控。龍華桃始勒，西湖柳應淞。良辰賞不疲，佳境户可封。胡爲轉愁絶，共歎非時用。憂天意寥廓，閔農傷蓺種。吾生順所適，此事未足恫。炎涼信偶然，心跡每相從。自愧陽春曲，轉憶脊令頌。何時同嬉游，微言儻來諷。

苦雨用前韵

寒風砭人骨，凍雨喧客夢。始愁江海沸，又恐瓶盎凍。春深花尚噤，夜冷衾殊重。沈沈雲低垂，濛濛日昏霿。小樓江漲入，遠帆寒潮送。乖龍意難知，商羊誰可控。昨聞復飛雹，是處

鷩寒淞。長飢人自沈，積水扉已封。五行信有沴，三事竟安用。極目波浪闊，敢問桑麻種。微茫天意深，閔默孤懷恫。恒雨實咎徵，浮海孰我從。回天在誠感，此意足歌頌。沈菑倘能澹，吾言非託諷。

早醒

五夜初醒覺漏長，隔江殘柝聽迷茫。雞聲四起如相和，春夢重温已半忘。雨甚正愁潮嚙户，眼明微見室流光。病躬久似氉氉鶴，欲舞端應怯早涼。

次韻答楊山父見懷

晨趨公府暮衙齋，曾費旁人幾浪猜。惆悵當時好兄弟，木棉花發不重來。

雍容謝政得閒居，奉母歡然視膳餘。肎憶天涯未歸客，題詩還記問梅書。

珠江風雨夜沈沈，猶是年時惜別心。為問涅槃悲泣者，幾人得會海潮深。

逃墨逃楊百不知，學書學劍兩無爲。不如投効從君去，長及飡香餌熟時。

晴

苦雨已連月，今朝始得晴。萬人空巷出，孤坐此心清。久病孱腰脚，忘形一死生。農夫正多慮，天畔早霞明。俗云早霞當雨。

次韵倦知老人和汪九及舍弟上巳大雪之作

自我來炎州，三春猶一夢。今年苦寒雨，將覺硯微凍。那知吴淞江，雪壓衣裘重。微茫車轍迷，歷亂瓦溝霧。詩人互酬答，侍史疲奔送。各各蘊深悲，鬱勃不可控。皆言五行黷，春令乃木淞。悽愴天人交，恐懼山川封。老人尤惻怛，語為名教用。有如九年荒，尚得一粒種。世俗聾不聞，孤懷默自恫。短歌不能長，此意誰與從。太平方來事，文致在雅頌。嗟余亦散人，奉手惟歎諷。

題南園書册后三首

北魏稱善書，皆云學羲之。見《北魏書》《北齊書》。亦如魏收祖孝徵流，能工江左辭。南朔雖殊方，風尚仍相師。後人執碑帖，強為分澠淄。且如焦巖石，豈謝中岳碑。南朝少石刻，北無簡札遺。我言但孤證，聞者宜然疑。

魯公天人姿，頹風振末造。變化出新奇，獨奏非古調。受法雖長史，智過術乃妙。盡發不傳秘，萬古仰光照。徐柳固非倫，杜韓尚並耀。巍如唐文皇，名宗實祖廟。迢迢千載人，誰其得道要。

南園年不永，天實縱其書。直節照人寰，固與常流殊。凌跨宋元來，直與顏為徒。冥會當時心，目若無君謨。晚年更險絶，骨立筋盤紆。豪傑信非偶，豈爲時代拘。即如所畫馬亦異鷗波圖。哀哉世上人，戢戢事墨豬。

次韵山父南歸

亂山如馬去平蕪，眺盡中原眼欲枯。一綫蜿蜒走南朔，孤懷浩蕩向江湖。壓裝黃石佯蒸粟，散帙朱籤待著糊。寄語春明未歸客，鷓鴣聲裏是吾廬。

叠前韵寄山父

滿眼殘陽下碧蕪，知君心與淚同枯。一棺萬事已千古，獨棹孤舟更五湖。豈有緇塵能自染，可憐頹壞亦空糊。江南正好花時節，待我歸來共結廬。

記事

頭風不得陳琳檄，背癢豈念麻姑爬。望之滅矣已失矣，來者非耶或是耶。痛苦顛連倘相恤，死生契闊堪長嘆。悠悠魂夢久冥漠，何意侵曉迴靈車。

答汪九見贈次前韵

華子樂病忘，鄭人争覺夢。寧知妄即真，冥事餓與凍。玉人本無為，外物非所重。百年遽已覺，萬事忽如霧。夫子志江湖，謝客屏迎送。孤懷勤遠憶，高詠躡飛控。昔憂湘水溢，今歎春寒淞。避人非忘世，學道豈希封。曰余三年役，自效一割用。材同櫟社樹，瓜辨硎谷種。離羣意蕭索，慮始衆駭恫。不辭噲等伍，敢喜由也從。羶行終有慕，酒德亦可頌。俯愧招隱詩，終然謝箴諷。

汪九寄詩盛見推許次韵奉答

我詩本如囈，乍醒又復夢。紛然亂鶯飛，寂似癡蠅凍。詩翁昔謬賞，未荷知語重。君今更阿好，定使衆目霧。名篇浮海來，意有神風送。正如伯樂駕，又得王良控。平生投分人，涣若木上淞。得之喜無寐，奚翅萬户封。譽我誠過情，誘人或妙用。翻愁賞不勸，既獲遂忘種。志得易以滿，才盡將毋恫。君其騁驥足，十駕失相從。新詩時見貽，但箴勿復頌。木棉方盛開，吾將花下諷。

倦知老人寄示游龍華詩，感往眷今，輒成長句即次原韵

天風吹塵車載酒，我别龍華今已久。人事崎嶇未得歸，桃花爛漫嗟相負。忽覩新詩述游宴，恍見平川盛花柳。琳官珠塔相光輝，細馬輕車恣騰蹂。然雲燒樹東復西，蔽日蒸霞左還右。仙源忽偕漁夫入，雨師正要春官檦。火瀲張空十萬餘，春衫照水重三後。祇道舊遊常若兹，那知昔盛今無有。殘僧垂涕説干戈，老人健步携賓友。花寒欲放尚遲遲，屋破還能知某某。憶我初游歲丁戊，荒郊列坐偕童耉。是時寺中盛兵衛，敢向塔前窺户牖。繁花凌亂依竹籬，酒壚落寞餘醬瓿。豈意辛壬啓殿門，盡新像設除稂莠。士女游觀得自由，姓字榜題思不朽。盛衰萬事如轉轂，變幻一朝同解紐。我聞滄海成陸陵，何况園林易郊藪。由今視昔本如斯，

自有之無誰執咎。老人哀時多慨慷，去年此地煩攻守。但見摧殘向室廬，何曾戰伐稱桓赳。即今霪雨徧寰區，應為疲氓洗瘢垢。道旁花樹不足憂，殿上蒲牢猶可扣。龍象睢盱自古今，天人悲憫誰知否。吾心則治世自亂，我舌欲捫言在口。往事已空如過夢，異時相見應迴首。拾遺莫問王子年，好辯請質公孫丑。

哀唐氏甥

錦褓綳來阿姊前，愁霖病榻記淒漣。珠襦斂後悲難瞍，玉雪懷中鎮可憐。已忍伶俜餘卅載，那堪消息閟重泉。六親近日傷零落，更憶當時為泫然。

夜醒

海氛入衾涼，初醒夜未央。行天弦月細，到枕角聲長。世事愁難定，家風已漸忘。得閒惟卧病，容易又朝陽。

園中偶行

龍眼花殘，遠望如桂

病餘猶未怯衣單，跣足支筇更不冠。三月好春愁裏過，一江微雨復仍寒。漁翁網集隨潮去，龍眼花殘當桂看。小立自然生百慮，此心何處遣人安。

和廖思卓病中見贈

不見已云久，翛然詩思生。篇章慰勞藉，襟抱想精誠。世亂心逾治，才多調轉清。呻吟如可和，應寄此時情。

佛山道中口占

緑榕陰裏晚風涼，芳華如茵正作場。穲甲執氷渾不管，坐看伙伴染薯莨。
小溪處處成溝洫，平野蒼蒼足稻秔。何似棹舟苕霅裏，緑波重疊映斜陽。
天風如怒入門來，始信車行挽遜推。他日工師應識此，人間何限楚王臺。

端午日有感

兹辰誰復記沈湘，又向天涯一舉觴。人事鼎來棋局换，賓筵盤飣荔枝香。龍舟罷渡心無競，
虎穴弢弓意可傷。獨有兒時忘不得，懸蒲簪艾額塗黄。

夢醒口占

夢裏還家也覺非，瞢騰又見遠人歸。兒童長大容顏改，庭院依稀鐙火微。舊犬近前猶戀戀，殘螢無焰故飛飛。長房縮地分明是，波蘭海深空爾為。

坐省長署廳事有感

榕深檜老午陰清，廣坐風來雜事聲。人語自喧心自寂，舊游回憶愴平生。

戲答伍梯雲

萬樹陰濃果熟時，水村風味使人思。釋兵何必煩杯酒，準擬將官換荔枝。

和夏劍丞見贈

我生苦内熱，肝肺恒煎煮。養内且釋外，火維故安處。世人蔽所習，跬步殊甘苦。爾來知叫號，和答相邪許。徒為纖兒利，憑藉作風雨。吾聞先民訓，欲獲謀於野。物論不可欺，仁義固難假。民喦吁足畏，若屬行爲虜。塚中枯骨耳，不足煩夏楚。萬里視即通，繼今略可覩。子言吾敢忘，他日當晤語。

有感

千古從來智役愚，不勞勢迫與刑驅。可憐横目黄炎胄，喜怒紛紛盡衆狙。

謝人餽夏茅芒 小於吕宋産，香味過之

珍果何難致，三年竟不知。形真侔繭栗，香欲過離支。錦盒勞分貯，荷囊想並攜。誰云遷地異，天與判華夷。

安心

安心何慮藥無功，已判餘生作病翁。種百本蕉剛聽雨，求三年艾為祛風。推篷不用尋烏榜，辟穀原非訪赤松。且欲商量新活計，懶將方略鬥秋蟲。

七夕

三年最是今宵好，銀漢雙星入座明。何事六街驚的火，頓教人世感離情。

長年同保隔河心，故遣佳期直到今。省識塵緣難耐久，始知交絶是恩深。

《七夕篇》同叔乾、大武作即次其韵

廣州最重七夕，競侈珎供，縱人來觀。余以倦游，惟能卧看。感靈匹之將離，悟塵緣之難久，因作此篇。

銀漢秋清明匹練，七夕人家盛歡讌。盤飣年年競席珍，鏚樓處處偕閨媛。倦客今宵軫故情，
海南風物舊知名。為問紅墻天近遠，依然綺陌路縱横。世人只道看天漢，誰信塵寰更璀璨。
翠葉珊枝玉作花，璇題璧當珠為幔。寒氣翻須笑女牛，天錢一借幾經秋。本無餘巧供人乞，
長是傷離應淚流。微雲不動中天静，好向明河照雙影。相望相思歲已殫，此情此際愁難併。
一年心事兩情知，未必歡娱勝别離。若教妾貌時時見，正愁君心漸漸移。多情只在能常别，
交甚終難期晚節。已聞張耳負陳餘，更使韓生傷蒯徹。何限情塲失意人，昔日豪華今賤貧。
鵷鴻覓致雲中侶，蟣虱空愁地上臣。一隔人天復何語，玄霜豈憶藍橋杵。本來頃刻會乖離，

何事當時相爾女。隔河萬古只耕桑，肯將秋月易春陽。願持橋下支機石，來作人間駐景方。

叔乾、大武寄示《七夕篇》，依韵奉答

君不見孔顏昔望吳門練，視通萬里何異中庭讌。又不見漢皇好色重丹青，一見明妃驚淑媛。貴遠忽近常人情，以耳為目世所名。已遣神仙有離別，故教愁思各縱横。昭回自古稱雲漢，只是繁星光燦燦。詩人好異生遠心，每到秋期卷羅幔。此時凝想對牽牛，便有天孫來素秋。良宵苦短不自惜，翻向地上諛凡流。沈沈萬户香煙静，只與郭家留倩影。令名壽考古難兼，無奈癡人思合併。人生聚散不前知，翻為仙家管别離。寧知塵緣更非久，坐席未暖恩情移。我昔好游每輕别，年年客裏逢佳節。夢醒緣空可奈何，恥被阿環呼徹徹。長是東西南北人，天錢不借未言貧。停杯久不携紅友，作傳還思衍素臣。一時二妙來傳語，新詩清似秋空杵。蜘蛛自巧鵲自工，枉向人間詫兒女。病餘惟擬覓長桑，久視無心問伯陽。何當同飲上池水，洞見天人垣一方。

七月十五夜月下聞歌有作用前韵

秋月懸光如素練，客舍孤燈罷歡讌。感舊還思海上琴，懷人自惜閨中媛。舊時月色倍多情，
繞砌繁香不記名。漏永不辭金燼暗，枕欹微覺玉釵横。涼露泠泠下霄漢，月裏盆荷葉璀璨。
半臂生寒欲授衣，小鬟却立初垂幔。天半微明見女牛，坐中人已不勝秋。情知良夜行將盡，
暗惜華年去若流。此時清坐思逾静，正有孤光共人影。閨房燕喜兩心同，伯仲壎篪二難併。
樂事歡情有月知，誰知今夕長分離。南榮黯黯螢初入，北斗傞傞柄乍移。月落還如人惜别，
只將不寐酬佳節。無奈秋期秋恨生，那堪清夜清歌徹。清歌墻外更誰人，似訴人間有賤貧。
已因對月思宜主，乍可行歌憶買臣。往日淒然曾有語，秋聲最是聞砧杵。誰料中庭吊影人，
復聽石室胡琴女。一從人去海生桑，無復愁心夢岳陽。猶有當時南海月，引將離恨向遐方。

夜聞歌聲淒厲以詩記之

急管繁絃雜梵聲，中人如夢又如醒。欲知此夜愁多少，記取街前長短更。
誰云仙樂耳偏明，贏得長宵夢不成。豪竹哀絲何足數，本來天上步虛聲。

次韻和邠齋兼示大武

又是橙黃橘緑天，懷人誰致酒如泉。也知春夢非前度，閒對秋風似往年。大隱金門情澹蕩，無端錦瑟句芊眠。獨慙近日才情減，空對池塘憶惠連。

有感疊前韵

視已夢夢况問天，此生分付與龍泉。本知大道多歧路，猶有壯心非暮年。南郭竽終逃獨聽，北邙鐙久照長眠。世間共識秦非帝，蹈海何人似魯連。

詠史

辭輦當時意可憐，豈知紈扇待秋捐。恩情莫道今如故，排擯應嗟後似前。金屋已非猶買賦，玉簫長是羡登仙。憑君莫奏陽關曲，朝雨輕塵似去年。

初聞蟬

棲風飲露本無營，何事秋來獨費聲。百轉千回自淒咽，被人呼作不平鳴。

次韵夏五和瓶齋、愓園《七夕篇》

珠江夜色明如練，茉莉香温初罷讌。不復海客問浮槎，又見詞人賦靈媛。也惜秋風不世情，只教烏鵲留才名。世間巢已從人占，天上橋空向夕横。年年此夕看河漢，弦月光微星斗燦。闌干同憑更無人，窗扇初開猶掩幔。幔卷分明見女牛，情知涉夏又逾秋。歡事早隨雲去盡，華年惟共水長流。中庭獨坐人聲静，只有明河來吊影。夢冷魂銷已自憐，賞心樂事知難併。此情應是夜臺知，可似仙家暫别離。三生再世終相見，一語雙心誓不移。世人何限無家别，今宵更是愁時節。年去年來事已多，人歌人哭聲將徹。君亦當時一恨人，悲懷難遣舊時貧。糟糠在昔（已）[一]傳賓敬，縑素於今（應）[二]自主臣。哀音如答秋蛩語，客心似聽經霜杵。

〔一〕「已」字為手稿衍。
〔二〕「應」字為手稿衍。

早識人天異死生，悔將恩愛徇兒女。三宿浮屠已戀桑，世途隨處有迷陽。惟應太上忘情者，便有長生久視方。

少年行疊前韵

厹矛如雪刀如練，戲下秋清正張讌。江山猶得助雄豪，歌舞何當罷嬋媛。坐中忽憶少年情，燕市行歌舊有名。朱絃絶後猶三歎，青眼人來始一横。刼灰曾是稽龍漢，腰下珊瑚光璨璨。匹馬征衫苜蓿圍，雙龍茗琖茱萸幔。一任人呼作馬牛，此時客易閲春秋。自矜日下無雙譽，自許雲中第一流。北地風高秋氣静，天空正見盤雕影。晾鷹臺上望還呼，怖鴿林中飛欲併。荏苒年華事可知，舊游惟見草離離。無復探丸從挾彈，已嗟物换又星移。老來心已無分别，幾年辛苦還持節。閉置車中悵景宗，徘徊海上偕靈徹。舉杯空屬舊時人，多病非關為酒貧。蝸角從來鬥蠻觸，蜂房時復閧君臣。花塔鈴虛久無語，問禪誰是金剛杵。不將劍術試袁公，乍可丹成飛奼女。頭白原知海易桑，當時一顧感孫陽。傾城傾國知難再，誰道佳人在北方。

惕園和詩次韵奉答

官奴草草書裙練，付與羊家佐談讌。祇傳筆法不傳心，舉止終羞大家媛。從來海上始移情，
口耳相師半噉名。古人已與不傳逝，世上摹擬徒縱横。有明七子尊秦漢，才調當時各璀璨。
衣冠苦被後人嘲，道似芻靈居錦幔。古今懸絶風馬牛，何人下筆羅千秋。自從湘綺聲稱後，
始識聖智非常流。齊梁浮華晉玄静，學古真如鏡取影。襟期直與昔賢齊，古意今情一時併。
後生濡染不自知，貌合終是形神離。亦如還珠空買櫝，吏胥傳奉行文移。爾來詩家有留别，
禰宋祧唐期合節。省識凡人心理同，常如食蜜中邊徹。我亦東塗西抹人，年來此腹歎長貧。
淮陰已自噲等伍，敢望見過還稱臣。多君名篇皆俊語，龍賓搗盡三千杵。才高志下心轉虚，
開户敵人忘處女。師田吾久慕柴桑，坐井誰能效子陽。莫笑平生洴澼絖，願君買作百金方。

齒落

動摇亦已久，今日始相離。戀戀終何益，遲遲故可思。支撐憐力盡，決絶豈人爲。正有長年感，秋風木落時。

北郊口占

城平基已夷為路，冢發棺猶植作墻。風定日高塵不起，嶺南最好是秋光。

寶漢茶寮

馬廿四娘留地券，張之洞吴大澂曾此一停車。於今片石無尋處，剩有茶寮坐久如。

海珠 宋李忠簡廟在焉，其故宅云

此地頻年閱盛衰，銅人無語暮潮迴。木綿如盖文溪宅，惟有當時夕照來。

題宋拓石鼓文 張簡盦師題籤

神洲貞石誰先此，剥蝕今餘皕字存。却憶摩挲斜日裏，朱欄寂寞大成門。

儀徵精本摹天一，甲秀遺文證海鹽。何似今朝看宋拓，眼明猶認舊題籤。

為沈演公題銕禪和尚畫 和尚削木箸作畫

銕師使筆不使毫，削木如杙如鉛刀。興來奮臂作書畫，娟素凛凛生寒濤。誰歟似者石田子，或者晉昌能解此。扶桑東絹羞鵞溪，不數南人側理紙。千尺懸瀑三峯間，虬枝老樹低亞欄。何人有此塵外興，烏紗束帶來看山。出而思隱隱思出，可憐盡墮狙公術。知師此畫非無意，含悲寧憶操時慄。演公瀟灑非官人，□〔一〕見契合如有神。疾卷携歸置素壁，坐對幾欲忘南閩。嗟我非儒亦非釋，幾年行脚無暖席。便欲從師入此山，期君許作山中客。

河南閲武遂游漱珠岡，是漢議郎楊孚故宅

冬蒐應時令，肄武非觀兵。一渡珠江南，頓覺吾眼明。肅肅卒伍嫻，慨焉懷老彭。教戰實知恥，好謀將有成。詰戎既畢功，覽古方有行。言尋漱珠岡，始識楊孚名。高臺起阮傳，特立殊崢嶸。蒼然一望間，已見浮雲平。臺前道人家，古樹石上生。居者龐鬚眉，結束如山精。發言各侏儺，傳會使人驚。一笑出門去，正喜江天晴。行行木本園，垂垂霜後橙。兹游豈不

〔一〕手稿此處脱一字。

樂，所貴觀物情。文武有張弛，知余非自營。

登白雲山下能仁寺作

城居使人疲，恒思郭外山。至日得休暇，曠然心意閒。招携二三子，徒步披荆菅。炎方冬亦春，卉木何斕斑。磴道雖盤紆，喘息蹔衰孱。精廬祀留侯，乃作術士觀。緬想鄭安期，一夕超塵寰。坐令世上人，服食凋朱顔。去去歷澗谷，濂泉尚潺湲。仰瞻摩星嶺，欲涉愁追攀。俯視能仁寺，萬瓦陰禪關。海門列諸峯，一一呈髻鬟。城郭浩無垠，安能辨市闤。崇高雖未躋，已識南州寬。呼風憩盤陀，浴日散疴瘝。桄榔賨垂珠，栟櫚葉亞欄。扣門得闍黎，坐話昔險艱。始知出世人，未得忘憂患。出處誠異趨，欣戚仍一班。揮手起自行，還我塵壒間。

題小歐泉男生墓志 碑新出土

琅琊王與襄陽米，父子書名各後先。絶藝不須傳口耳，孤兒神悟故超然。大令、蘭臺皆早孤。

書工不在擇紙筆，中令當時歎弗如。犀管兔豪徒自苦，父書終是勝兒書。道州云小歐過其父。證以永興論書語，殆不然。

偶成

妙墨千年零落盡，世人惟識道因碑。誰知陵谷（遷）〔二〕崩騫後，又覩蘭臺第二奇。

廣場列座肅無聲，頗憶壬翁坐雨情。互見共聞昨日事，更誰能識舊書生。此庚戌年事。

蕭詩蓀六十生日

少年同舉今餘幾，千里相望白髮新。連道隱居應自惜，妙高都講故無倫。閒思身世誰知己，

〔二〕『遷』字為手稿衍。

晚向山林作散人。且莫競陳難老頌，已知陸弟筆如神。

題徐健實射陽石門畫像

往事成塵鬢已蒼，惟餘結習尚難忘。行齋翠墨知多少，三萬真湏貴射陽。
石門蘿没餘千載，賴有江都剔蘚封。享盡人間碑版福，應知原不讓王翁。蒲褐、覃溪。

戲贈俄羅斯人歸國

別時常比會時多，異地相逢一瞬過。惟有當頭南海月，送君真到木斯科。

羅岡看梅，至則花盡落矣，率然有作

花好常易零，游當及盛時。吾行久不決，故當嘆來遲。冬暄人意欣，誰知花所悲。羅岡十里梅，一夕皆離披。萬樹如叢鍼，彌望空畤𤰒。平生輕歲寒，乃為炎風移。寧非氷雪心，恥作桃李姿。豈無數株存，孤立神已悽。木綿爾何意，曄曄華其枝。非時恣姚冶，徒令識者嗤。荔子宋時種，閱世多瑰奇。鬱鬱橄欖林，枝幹如蟠螭。卉木豈不偉，故非吾所期。崇岡有高樓，俯視萬町畦。有懷抱水老，世往餘題詩。種梅如種桑，語妙誠非欺。萬姓安其生，豈為游觀資。昔人百輩來，一一如風馳。看花亦何樂，花下生嗟咨。不如不見花，留為他日思。吾游未為失，此意誰當知。

題蔡鉅猷五十象

百戰歸來鬢已霜，中年歲月去堂堂。他時若畫淩煙閣，應笑於今未老蒼。

西江道中

水急舟輕夜色微，浪花如雪故霏霏。萬山赭盡西江道，載得蒼梧好月歸。

題齊山人潑墨畫

不見山人已十年，借山吟興尚依然。畫圖漫作承平語，故國今成潑墨天。

和桂南屏登越王臺韵

木綿花下越王臺，卅載登臨今又來。破碎河山兵始定，睢盱龍象劫餘灰。眉端日麗天容大，眼底雲生海色開。寂寞當時絃誦地，幾人還記舊歐梅。

生日戲作

行年五十未爲老，衰退常思與世辭。瘦固勝肥差自喜，生何如死正難知。拋除藥裹經龕事，佇待鐘鳴漏盡時。且可支持觀大造，此身新受五禽師。

題梁大同十年陳寶齊造象拓本 有鄭大鶴考釋

北派意多南派少，儀徵此論未為公。江東自有真王在，片石端湏數大同。

吴郡蘇州有後先，重修題記證唐賢。於今鶴去無消息，誰與重徵天祐年。

題兼民為仲輝書册子

兼民吾老友，相見憶當時。卅載真流電，頻年隔酒巵。朱顏今白髮，碧浪久黃泥。舊事那堪説，惟應子弟知。

兒童皆老大，何怪各成翁。且喜重逢日，還來五嶺通。眼花慚細字，心畫想中鋒。藏弆非無意，追摹冀汝同。

丙寅元日

四年頻看嶺南春，老至常疑負此身。敢詡軍容成節制，即論詩句愧清新。覲生自覺心無累，攬古方欣德有鄰。今日便當齊努力，莫教歲月去逡巡。

有感示精衛

爆竹連宵花滿城，路人相慶説昇平。幾經瀝膽椎心事，博得衢歌巷舞聲。早識江陵甘草薦，不妨蒙叟笑犧牲。三年辛苦看今日，感往懷賢淚欲傾。

題覆本《太清樓帖》

淳化匆匆鎸棗木，侍書鶻突嗟無目。銜題先已誤張華，楷字居然署程邈。既認陽冰作李斯，又將智永羼羲之。處分耳短安足責，子敬那得充張芝。《淳化》題銜多誤，張華作晉丞相，其一也。《知汝殊愁帖》『處』字分為『不可』，『耳』字減短二分，羼智永帖於《大王書》中，《大觀》皆已改正。唯程邈書作後世楷字，以少温《裴公功德頌》字為李斯書。又張芝帖，有『冠軍』『鄱陽』『虎丘』諸語，實子敬書也，則皆《大觀》

所未正者。道君幹蠱思糾正，大出秘藏資改證。貞珉重勒太清樓，絳潭鼎帖成優孟。國破樓空石亦移，榷場淚灑紹興時。內臣訪購同宗器，秘殿收藏記睿思。睿思殿即高宗時事。開禧拓本來淮上，帖字鑱磨諱金亮。鳳墅搜尋竟未知，榷場本庚亮，『亮』字避海陵諱磨去。曾宏父《石刻鋪敘》成於淳祐中，尚云《大觀》淪於敵境，不可復得。知開禧以後始有榷場本也。象先乍得誇神王。汪象先藏第一至第四四卷。後來真本幾人收，五卷曾屬王弇州。公瑕題籤百穀跋，已嗟全本今難求。王弇州藏卷二、四、五、八、十凡五卷。弇州兄弟及周天球、王穉登跋汪象先本皆云全本難得。蘇齋老人眼如電，十冊嘗從嶺南見。晚年始悟寶賢堂，欲借枝山定真贋。覃溪云在粵曾見十冊本，後乃知為《寶賢堂帖》舊拓，估人刪其餘帖，存十卷以僞《大觀》，其『子一丑二』諸字，則以祝枝山陰文名印蓋之。石旁細字刻工名，辨真券欲弭紛爭。誰知壇長記翻本，黎邱之幻嗟尤精。原石帖邊小字刻石工姓名，覃溪以爲翻本所無，足為辨真之券。及見徐壇長記，始知揚州翻本已有之。米老家中鶻等帖，何由得入宣和牒。明人好事添足蛇，翻被鑒家尋間隙。覃溪云《鶻等不佳帖》米老所藏，無由刻於《大觀》。今僞本《王羲之書》第二卷末有之，乃從寶賢重摹，或即寶賢舊拓。晉觀堂物久塵埋，覃溪藏第六卷，名其堂為『晉觀』。静娱寶本從風埃。李春湖藏第二、四、五三卷，今已散出。華亭舊聞收退谷，孫退谷本歸王儼齋。常熟時復思觀齋。祁文瑞得《大觀》殘本，名其齋曰『觀齋』。屢見常熟筆記。我今生又百年後，錦贉璇題多處有。眼明見此吉祥雲，未敢隨人為可否。此本有僞，覃溪跋云：『在在有吉祥雲護之。』漢陽足本歸伯恭，陳伯恭藏漢陽張樸園十册本，覃溪定為寶賢舊拓。氊蠟濃淡將毋同。何當更覓余深本，退谷記《大觀》黄紙本，徽宗賜余深者。併入筠清帖鏡中。荷屋《帖鏡》今無刻本。此本第二卷之書末有《鵲不佳帖》，第三卷無《裹鮓帖》，恐别翻本，非寶賢堂也。

為褚民誼題張静江書軸

南北紛紛騰口辯，誰識書家原一貫。滎陽未必祧山陰，筆冢墨池功自見。納碑於帖誰能賢，多君此軸來眼前。湖州書學自有種，頗憶吴興貝義淵。

題詹質存夫婦書畫

歐波題字仲姬畫，都在新春尺幅間。付與世人增歎羡，小橋深樹是家山。

賀謝絜葦新婚

嶺南二月已春深，穠李夭桃花滿林。嘉禮舊聞將百兩，良宵真是值千金。好同公瑾雄姿在，正有東萊博議心。晝日畫眉何足羡，要須携手問南琛。

題畫虎嘯

誰能見虎嘯，從容寫其形。獨有山中人，静坐窺萬靈。明月在衰草，雄聲振窗櫺。豈無搏噬心，懼恃重門扃。誰歟召之來，頗怪陰符經。半生畏猛鷙，偶見翻自矜。傳寫誇同儕，挂壁寒風腥。始知末法世，所貴惟憑陵。爪牙苟云利，讋服信可能。太息觀斯圖，騏驥宜無稱。

上巳有憶

是想都成夢，無情始欲愁。人天一胡蝶，生死萬蜉蝣。仙鬢知難老，塵勞汔少休。卅年彈指過，誰憶百花洲。

題瓶齋為李特生書扇

老嬾端宜絶世情，泊然無慮亦無營。春來忽憶長沙路，腸斷當年手種櫻。
舊游回憶都成惜，往事重逢始欲愁。惟有春風渾不管，年年吹上最高樓。
人間箏笛嬾能聽，自愛微風語塔鈴。懺盡塵心除口業，一春長覺夢如醒。

安吴矜重小真書，比似諸城総不如。肯向祝枝山文衡山争媚好，自尋山翠問麻姑。

第五名應勝驃騎，子寬書本遜誠懸。故人好是能珍惜，不共飛花入舞筵。

食荔枝

老詘身墉已不支，神州長是斂眉時。春光去盡人徒老，又向珠江問荔枝。

題陳樹人《寒緑吟草》

身行萬里如庭户，處處青山合有詩。鮮識太空歸燕意，長風落葉是吾師。皆所譯西人詩。

謀國從來不為身，偶將游眺慰艱辛。卷中多少憂時淚，肯向天南作畫人。

聞道園林畫不如，每從詩句想幽居。木綿正好花時節，遲我同來聽鷓鴣。『鷓鴣聲裏木棉紅』，卷中句也。

夜雷雨有感

坐雨宵分意已灰，小樓欹枕聽奔雷。寒深頓惜三蠶縠，節促真同萬馬來。頗怪洶洶欲崩壁，何當草草更傳杯。天心未測常如此，一笑能教百慮開。

送李仲公歸黔

相見誰知鬢髮斑，十年回憶一摧顏。幾人歧路成長往，此日歸雲自獨還。稷下已輕齊衍奭，壺頭重見漢河山。西南父老方延佇，好語征車莫等閒。

為人題西樵山圖

少為南海客，夢想西樵山。荏苒三十載，靈境無由攀。惟聞風景佳，七二羅煙鬟。飛泉虹挂空，石洞雲為關。名窮高有餘，慕迹（阻）〔二〕誠所患。君游已云屢，山靈識朱顏。足繭意未厭，寫圖記彎環。丹青一披拂，曠若巖壑還。雲泉與珠巖，一一幽且嫻。始知分別心，不在有無間。身經孰非幻，目想元不慳。人生快當前，事過亦等閒。君往我不偕，所得仍一班。披圖足偃仰，何必窮榛菅。吾今願已償，屈曲安塵寰。轉笑山中人，游目多險艱。

端午感舊

雨過風和暑氣清，雲陰日薄夏涼生。萬人填咽矜佳節，廿紀流連感故情。虎迹嫩同瓶叟畫，

〔二〕『阻』字為手稿衍。

龍舟喧共海潮聲。去年荔子今還熟，又向賓筵進一觥。

自題畫虎

淺草寒原事已非，長時踡伏亦何爲。攫身起作騰拏勢，知有驚麏去若飛。

樓望

大道輕車去不塵，緑陰如沐晚涼新。自憐無復馳驅意，獨倚危闌數過人。

市樓漫題用前韵

馳道車聲去絶塵，高樓風送晚涼新。此心已與氷同净，不向闌前閲市人。

白鶴洞口占

年來真覺世緣空，獨有清游興不慵。小艇如車馳道裏，晚潮輕趁荔枝風。
好境不須求物外，近郊翻幸客誅茅。本來白鶴無尋處，合有鳩來占鵲巢。
園林幽翳真宜夏，氷碗藤牀薜荔簾。怪底主人還避暑，可知人意正難厭。
百般花樹各芳馨，接葉横枝匝地青。萬里移來三十載，誰知異域即郊坰。
協律程歌謝不知，燈前兒女語侏㒧。無端觸我懷人感，中酒長沙夜坐時。

小市提携自買漿，園蔬泥涴舞衣裳。莫將作苦憐胡女，多少王孫泣路旁。

夏屋連雲好讀書，偶目休暇得相於。廣庭風挾微涼過，絶憶披襟碧浪湖。

林中歸路月空明，布地真如荇藻横。何必火城誇鼓吹，晚風相送萬蟬聲。

寄汪季辛

憂世真成痗，離羣豈為身。山疑同九仞，弩自惜千鈞。藥裹行知屏，詩囊句已新。獨憐覘國者，失喜在斯人。

別促語難竟，書來憶轉深。永懷梁孟契，能識藺廉心。去住元無定，創夷感不任。雙飛知好在，應念故巢林。

喜舍弟至

別來無日不相思，失喜相逢有此期。五載違離同昨夢，一家歡聚又兒時。新裁小製冠椰子，舊事能言啖荔枝。轉海端應是奇事，可憐坡潁未曾知。

題澹歸和尚試卷

空門猶恨世緣侵，三字冤家感不禁。何事長年誰吟詠，低徊難識澹歸心。有言『金道兄』三字者即是冤家，澹歸語。

虞淵落日誰能輓，苦海回頭即是家。惟有天然知此意，早從平世脱烏紗。天然和尚曾起莘，澹歸師也。

七夕

年年孤負此秋光，問俗何曾薄異鄉。記取客中今夕好，燈前兒女笑成行。
人間自有金龜壻，不似牛郎負聘錢。處處朱門人鵠立，不看乞巧看辭仙。粵俗，女嫁歸者曰辭仙。

廖仲愷墓下作

秋風吹我前，舉步增慘傷。俯仰一星終，沈哀未能忘。眷懷墓中人，炯炯猶相望。志決身已殉，事往行彌彰。烈士輕死生，國論始傍徨。培風折其翼，決起空飛搶。平生觀古今，賢哲亦尋常。不因覯殄瘁，豈歎人云亡。精誠雖若存，神識疇能量。徒令後死人，感激中悲涼。潸然無何益，生民猶未康。終慙涕無從，黽勉崇周行。

七月望日有作

月滿秋清似往年，又看兒女拜尊前。魂歸冥漠誠知否，老去心情轉灑然。隙影已嗟來日少，風花猶是昔時妍。轉輪萬劫終相見，何用微塵戀一天。

喜黎銕菴至，題所持瓶齋畫扇

銕菴與我別三年，忽復轉海來眼前。小年兄弟今有幾，舊日玄髮成霜顛。艱難相從事非一，嵛峯蘇嶺餘淒漣。即今鼙鼓喧湘天，誰能寒餓棲青氈。挺然高節駭流俗，我寶此意真瑚璉。珠江秋清月正弦，鸞虵烹鶴矜芳鮮。不如飽説兒時味，此心未醉先陶然。君家叔氏躬抱道，頭童齒豁猶鑽研。相逢未識定何日，篋衍散盡存詩編。碧湖舊游那忍憶，荷池老柳生秋煙。盍簪行館仍一椽，且可似昔同高眠。世人紛紛事輕薄，豈悟金石長精堅。秋風入户涼生肩，怪君有扇不肯捐。乃知上有吾弟畫，荒江蘆葦浮空船。此曹狡獪自年少，鮮嘲吾似方平姸。
打油釘鉸故不免，知君定憶試院中秋篇。

聞武昌收復

十五年中如轉轂，又聽江漢凱歌新。當時事已隨緣盡，此日天真送喜頻。喋血千軍魂自厲，
騰歡萬口氣初申。艱難回憶成悲喜，正有遺黎淚滿巾。

題唐六如落花詩意圖 畫桃林一老人扶杖，落紅滿地

幾日春光不自持，繁英去盡只空枝。嫣紅姹紫終何處，獨對東風憶舊時。
春來歲歲應如故，花落年年似不同。老去心情誰解得，桃林携杖覓殘紅。

題鋏禪畫册

四載曾無半晌閒，此來真負粤中山。憑君為點丹青筆，入夢煙雲取次看。

鐘鼓巖

昔日烽烟意未平，今來巖壑笑相迎。世間成敗殊欣戚，輸與山人總不驚。

過大庾嶺

輿尸誰記血盈車，殘卒當關事可嗟。碌碌因人真自愧，又來嶺上賦梅花。

久雨剛成一日晴，山靈真欲迓人行。花開花落尋常見，敗瓦頹垣已厭兵。

南康道中

棄甲于思竟復來，南康爆竹尚如雷。舊人跂立新人笑，誰為當時送一哀。此四诗在光孝寺前。

贛州光孝寺

度嶺今方識梵天，德雲前世記因緣。瓊花未放鬱孤圮，來試禪師卓錫泉。

紀夢

八年綻盡舊征衣，絶國書來是也非。姑婦停針同不語，一時垂臆望兒歸。

雪後發海會寺

幾年不見雪，重逢如故人。五老不我知，頭白深入雲。羣山各蒼顔，長睡同丘墳。平湖若大漠，遠上天無垠。悲風從北來，萬松為之嗔。寒泉獨無與，瀉石翻粼粼。老僧為我言，兹雪固有因。一洗卉木羞，始得游賞真。感應非所知，恐罳勒移文。

廬山雜詩

飛車迤邐便長征，頗恠求前復却行。依約卅年前過處，疏星微月九江城。晚至九江，途中車却行者數。

蘇黄朱陸不到處，涌現樓臺忽此山。無數峯尖雲海裏，豈知培塿在人間。牯嶺。

懸崖直下三千級，磴道回旋九十盤。回首下方雲似絮，始知人海正漫漫。含鄱嶺下栖賢寺。

香爐五老雲封盡，且向廬山平處行。游客競誇三峽澗，更無人問宋題名。三峽橋下多宋提名。

居在絮中行釜上，匡廬面目有無間。雲蒸霧合黃龍寺，誰見洪荒裸體山。或問廬山古迹，答黃龍寺前裸體山最古。

杉身松葉娑羅樹，三百年前四十圍。古寺興亡何足記，低枝曾拂遠公衣。娑羅樹，晉僧曇詵植。舊志在大林寺，今近黃龍。袁中郎詩：『銕幹銅膚四十圍。』

海會寺前松萬樹，衹憐不是昔時栽。湖光在檻山光牖，何處重尋太白臺。寺壁有詩，云是太白讀書臺舊地，寺背五老，面鄱陽。

南行與雪五年别，失喜相逢五老前。門外萬松噤不語，孤鐙殘血對經箋。智超上人血寫《華嚴》在海會寺。

當時書院無完宇，新種松株長舊圍。誰信樹人輸樹木，兩廊林立教思碑。白鹿書院碑多諸生頌院長語，今為農林。

畫象成都有遺則，誰教禮殿作金身。晦翁苦説開元禮，輸與張璁作解人。白鹿洞孔廟皆塑象，朱子曾有《論古今坐不同與諸生書》。

萬杉去盡孤樟在，已作康乾後輩論。若見歸宗門外樹，故應相喚是兒孫。萬杉五爪樟最有名，然不如歸宗之古，康、乾人詩無及之者。

萬金選勝書堂地，石磴蒼然閱廢興。黄偈王題誰護惜，又看徐岱繼徐凝。開先寺李中立讀書臺，有山谷書《七佛偈》及陽明紀功題名，其左方為徐岱磨以刻詩。

漱玉亭空餘斷礎，白龍雙瀑入雲深。奇觀自是山靈閟，未必飛流有古今。康有為題云：『三至觀瀑，瀑日以小。』

寺門無復後生松，象教淩夷大法空。煩惱本來除不盡，此行真似曉聞鐘。歸宗寺。

曇詵手植西來種，千古人矜寶樹奇。誰識道旁雙幹在，𤥨陰如幄護虬枝。去觀音橋五里，道旁二樹，參天蔽日，土人云亦寶樹也。黄龍寺寶樹，晉僧曇詵手植，云西方種。此首在歸宗寺後。

温泉鬵沸野田裏，醉石陂陀荒澗濱。栗里柴桑無處所，雲開稍喜見金輪。至温泉，見金輪耶塔。

山南積氣雲成海，山北凝寒雪作氷。只赤便能殊氣候，問誰人上最高層。含鄱口。

雪晴真得識廬山，五老香爐指點間。罨畫樓臺何足道，巉巗高處一開顏。大月山是廬山最高處。

天池殘塔淩虛立，頗憶雷峯夕照佳。誰似陽明了生死，儵然獨立捨身崖。捨身崖是陽明曾到處。

碑斷文殘蓮社空，橋平亭圮虎溪封。惟餘孤影天池塔，獨立蒼崖禮遠公。遠公塔在東西林間。

三百年前千佛塔，榜題曾勒竟陵書。於今善信誰知此，殘篆塵薶香積厨。千佛塔牓，譚友夏書，余得之厨下。

殘磚壞礎太平宮，曾有游蹤説放翁。衆口浪傳婆媳塔，鬼工誰記舊樓鐘。太平宮婆媳塔，即放翁所記之鐘樓。

過舊藩署有感

三十二年棲泊地，又携殘夢一來過。長廊輿轎情如昨，斷壁碑題字已訛。舊事逢人惟獨語，
深杯未醉且微酡。朱顏幾日驚頭白，壯亦蹉跎老奈何。

和汪九見贈

多生多欲自多艱，五載纔能一晌閒。年鬢已驚斑漸白，世情常看碧成殷。故人相望長江水，
好句携來大月山。一笑與君同自壽，不須靈藥駐衰顔。

丙寅小寒後數日，龍绂慈拜讀

丙寅秋八月，黎承福讀竟謹識

卅年前讀君弱冠時制科文，光燄熊熊，壓倒時彥。旋聞尊公文勤公言：君九歲時即嘗於卧内篝鐙讀《通鑑》，根柢可知矣。今讀《非菴詩草》，含綿邈而吐滂沛，極芬芳悱惻之情，證以君之施於戚故者，至性過人，殊非世俗悠悠所能淺測。散原謂聲趣闇合，秀容豈非遇之相迫而致哉！

炳直謹注，戊辰端午

抒寫襟抱，出以自然，迴翔古今，意態自廣。建安五言，直造辭達，施之近體，異輒同歸。大詩蓋深得此訣。

敬觀讀訖謹注

昔人論詩，謂須有雙字乃見心長味遠，蓋即匣劍帷鐙之妙也。非菴詩，至是凡四讀，賞奇析疑，輒僭審訂。此集猶前指，意常有餘，聲情蘊結，皆在言外。而縱筆所到，天地悠悠，愴然涕下。廬陵云：『或離或合，在盡其術，而怪奇偉麗，往往震發於其間。此所以好奇博愛者不能忘也。』乃於非菴得之。

戊辰四月晦，倦知讀

蘊義深微，抒情綿邈，其有意無意間，雖若亂頭麤服，而老味溢出，風軌不墜。七律或近元裕之，殆亦聲趣闇合耳。

三立讀

看似尋常，而自有一種旁薄噴溢、不可一世之概。讀君詩者，可以知君之爲人。

閑止讀罷謹注

非翁詩稿

非菴詩草

丁卯元旦

人生閱世成新歲，樂事今朝有舊風。四十九年無是處，故應題號作非翁。
座上狐貂暖欲熏，愧無喜氣到三軍。惟餘一事誇同輩，袖底携來五老雲。
卅年猶識舊南昌，舊日兒童鬢欲霜。且為他年留故實，自書春帖付諸郎。

次韵袁大見懷

師行美車鄰，民歸歌泂酌。愷悌君子心，慷慨從軍樂。伊余託周行，彙征慙跗鄂。黽勉事舟車，逍遥指城郭。功同千腋狐，智等一邱貉。微聞憂榱棟，頗復喧燕雀。黎民懼非常，聖神自述作。大同方來事，微言亮有託。天行貴自行，風利固不泊。偶然游白鹿，便欲淩黄鶴。豈無流言懼，尚恐移文謔。夫君盛文史，大材非濩落。膚碩舄自安，習盡花不著。賈胡何足較，如鼎象不若。至人齊物我，泯然同善惡。庸奴卒自斃，訟牒束高閣。吾聞末法世，分崩如朽索。爍然氷向陽，砉若風觧籜。君其幸少安，毋為久自縛。

次韵汪四見寄

柏酒今已陳，椒漿聊可酌。開緘得新詩，失喜非獨樂。憶我識吾子，韡韡棠棣鄂。投分同紀羣，相携慚李郭。玉樹比（葭）〔一〕蒹葭，缊袍儕狐貉。常疑棘刺猴，頗訝珠彈雀。高才信不偶，美疢亦時作。未遑府中趍，姑為廡下託。五載歎暌離，幾輩成飄泊。沈冥北來雁，浩蕩

〔一〕『葭』字為手稿衍。

南飛鶴。忽聞起沈疴，時復恣歡謔。清游馳道永，好句庭花落。藥裹不關心，接䍦應倒著。聞此舞傞傞，何殊綏若若。身前且歡娛，境過無美惡。即如黄歇浦，豈羡滕王閣。奔年不足嗟，旨酒仍當索。蠟鳳已成珠，竹龍行鮮籜。願求蚊睫安，毋令蠶繭縛。

次韵袁大自壽

自斷此生殊草草，敢言吾意欲云云。驚心去日今猶昔，屈指齊年我與君。舊事黄粱炊作夢，新詩白戰士如雲。和當相見一相笑，來看蕿菴自定文。

和袁大見寄前韵

鬖鬖向老真何有，碌碌因人豈足云。且喜殘年携楚客，又從飛雪訪匡君。座中始識何無忌，筆下還思谷子雲。選勝已慚腰脚健，欲磨崖□〔一〕待雄文。

和大武元日寄懷即以爲壽

墮地於今閲五丁，年年長醉歲朝醽。偶迴棋劫依危局，每憶楹書愴過庭。月裏山河仍破碎，春來消息故沈冥。已持越釀為君壽，知向初梅倒一瓶。

過舊居　三十年前青廬也

小極偶然思舊事，孤行何意得精盧。房中久闋離鸞奏，廳事新為旋馬除。到眼樓臺非故有，冥心環佩想來初。天臺再至真迷路，為問胡麻憶也無。

〔一〕手稿此處脱一字。

夜行

静夜踏微月，人家睡夢中。遠聲寒犬急，列炬暝鴉空。悄悄憂何極，行行步已慵。自憐知漏盡，猶未歎途窮。

狄山出示幽齋長句因寄

問訊楊夫子，春來好著書。頭顱應自惜，甘旨近何如。竹葉陳年酒，黃花舊貢魚。閒行知有憶，試過廣和居。狄子能為客，相逢洗馬池。攢眉談舊事，探手出新詩。海内為長句，塵中獨我知。何時一斟酌，湯餅碧如絲。

夢中作

缺月猶能穿牖入，好花何意傍階明。水深浪濶公毋渡，漏盡宵沈客欲行。咄咄書成多怪事，傞傞舞罷愴餘生。酒闌無復人間語，始覺眉痕近不平。

題馬守貞畫蘭竹

題有『酒邊橫眼，鏡裏舒眉』語。又云：『侍兒掩袖適笑。』

酒邊昔昔都如夢，鏡裹匆匆便作塵。掩袖侍兒知有悟，可憐誰是賞心人。

秀氣靈襟故灑然，叢蘭修竹不勝妍。傷心何處雙鴛館，廢苑秋菘記滿田。

與陳棣松話舊事

白鬢黃髮君真老，猶憶相從上學時。同輩問名存益寡，故家如客散誰知。提槍試馬慙前事，舊壘新阡只費辭。三十六年心力盡，不堪荼畔一尋思。

和黎薇生蕭園宴集詩韵

十載重相見，依然笑口開。好詩因酒得，多病識年衰。舊夢嗟新覺，同岑感異苔。不須愁齒豁，舌本自甘回。

橋隱招携處，相看異昔年。鵲巢忘物巧，犀角喜兒賢。斷髪能偕俗，安心莫問天。此情堪永憶，未醉亦陶然。

端午口占

幾年嶺外過端午，誰料江天對舉觴。碌碌因人有今日，遲遲中道感周行。一身多役忘家食，萬骨成功吊國殤。佳節不愁歡事少，捷書行報入遼陽。

食鰣

夏水鮮鰣一尺鱗，裹蒸荷葉碧痕新。世間最是天然美，莫向官厨問八珍。

信陽

侵曉風微夜氣涼，車行摇夢與蒼茫。却憐疲馬雞聲裏，廿五年前發信陽。

確山道中

青山盡處是中原，莽莽神州氣已吞。官道轍平車過少，大田麥刈穗仍繁。劫餘佛寺如相吊，作苦農家未覺尊。天遣塵沙限南北，素衣緇盡欲無言。

鄭州有感

當時二老相逢處，辛巳冬，先公與左文襄會於此。長記吾猶襁褓中。文武衣冠朝市改，川原形勝古今同。班荆道故情何異，歃血加盟計已窮。四十七年如俯仰，黄流應笑太匆匆。

偶成

古調於今更欲彈，攢眉始信入時難。畏人久厭客投刺，傳食常如僧挂單。偶有豪情緣薄醉，每因渴睡得偷安。沈思世味真何似，知是鮎魚上竹竿。

題廬山詩卷後

兼旬小住未為多，霧裏看山可奈何。長恐山靈誚生客，不題詩句在巖阿。

五月十六日有感

往事驚心已十年，又回殘淚向燈前。空教兒女營齋奠，可有知聞到九泉。

張子武挽詩

一別真投筆，三年負枕戈。有書常不達，無命欲如何。生死交情見，孤寒涕淚多。裹尸餘馬革，悽絶向江沱。

辛苦依人計，艱危烈士風。前知傷郭璞，從事異臧洪。未必謀身拙，仍憐殉友忠。縱横湖海氣，今日竟途窮。

少年曾並轡，中道各扬鑣。鷹隼飛常厲，驊騮意苦驕。多才成負負，同好已寥寥。頭白誰相慰，羈魂不可招。

夙夕誰知己，平生誤感恩。家惟瓶粟在，篋有謗書存。志事兼儒墨，思心託夢魂。冤親同一盡，慟哭更何言。

題中山先生演説片

至人滅度微言絶，誰會丁寧説法心。慚愧當時曾受託，聞遲習慣到於今。

大地重聞獅子吼，法音何異萬雷霆。轉輪歷劫應長在，此是中華遺教經。

喜俞三至

五年昔昔期相見，千里迢迢肯暫來。往事夢空重憶好，故人魂斷一生哀。時子武新逝。祛炎無計能捐扇，排日為歡足舉杯。咫尺匡廬不携手，轉令去住兩徘徊。

送呂大年之美洲

少年自奮淩雲氣，喜汝今為萬里行。大海風濤助飛動，異邦人物見菁英。食貧莫忘時多難，愛日應知聖有情。我亦乘桴思遠邁，會須來看早成名。

七月十五夜月

年年今夕坐秋清，惟有孤心共月明。暑氣闌珊成弩末，晚風依約送琴聲。懷人不爲情難遣，垂老方知感易生。白髮自生胥自滅，玉蟾何處有虧盈。

黎六題詩吾詩卷後，次韵謝之

卅年飄忽百無成，愧對兒時好弟兄。惟有説詩長不厭，鮮頭今喜見匡衡。
荷池東路西頭屋，長憶裁箋選韵時。影事盡同塵劫去，孤懷猶得故人知。
敢詡東坡海外詩，苦吟無復夢魂知。重勞點筆徵前事，落葉哀蟬又此時。

秋抹覓句記申江，更向琴園答暮蛩。舊學已隨年事減，多君遂密與商量。

黎六復和前韵感舊抒情，疊韵奉答

早歲吾猶及老成，已聞交口頌黎兄。過江子弟推仁祖，入洛才名想士衡。
茶園邸第停驂侯，柳殿旌旗獻賦時。隅坐兒童今老大，庭聞無復舊人知。
湘中留别有新詩，陳季師李梅菴交親衆口知。誰料山陽鄰笛在，寒冰落日愴聞時。
領嫂雙飛向錦江，幾迴春燕與秋蛩。詩筒讞篋成雙絶，如此君才不可量。
游子歸來官已成，趍庭吾亦弟從兄。兩家各喜慈顔樂，老屋三間記望衡。

虛聲饋石齋名久，倩影郵箋門智時。枉費鰒魚三日火，丹鉛録裏覓新知。

偶和門存集裏詩，陸離猶得散原知。曼聲最是龔生好，詩骨詩皮劇論時。

師友同時數荇江，書聲長日答寒蛩。何如圯上先生好，舉址虛心費考量。

夢影春痕取次成，一時戲謔共諸兄。大兒林四小徐大，始信人來再禰衡。

碧浪湖邊銷夏處，吴娘宅裏夢秋時。兩人不飲能逃席，屋底酒徒知未知。

龍起煙開九日詩，座中通隱夙相知。於今愛晚亭前路，無復登高載酒時。

布帆千里下淞江，九月同聽獨夜蛩。上壽升堂曾幾日，祇餘今後百思量。

試卷雖成道未成，黄冠幾輩各相兄。髯曾胖李尋常見，欲把龍雷攷論衡。
白門殘臘星奔日，素幔中秋雨泣時。君哭難兄吾哭弟，天涯涕淚兩心知。
白華曾共補笙詩，風樹人間慘不知。從此孤兒雙血淚，鷄鳴問寢更無時。
客舍相望共一江，微吟猶得應啼螿。不辭老去温殘夢，一一憑君細審量。

重至廬山

山氣無風也自涼，連岡草樹静蒼蒼。路人只訝非生客，誰識來鴻異舊行。

秦淮夜泛

垂柳依依拂畫橈，最無人處最清遥。從來枉説秦淮好，祇認清溪長板橋。
重橋盡處轉荒涼，舟過微聞野草香。風景依然秋夜永，更從何處覓興亡。
無數名園已作塵，同游空憶舊時人。可憐利涉橋邊水，猶認涼秋作（似）〔二〕好春。
一江絃管静無聲，燈火人家半不明。多謝隔江窮債帥，偶然能令酒徒驚。

〔二〕『似』字為手稿衍。

歸來

歸來事事都依舊，惟覺奔年去不還。襁褓諸嬰頭已丱，階除老卒鬢成斑。明知俯仰過千劫，稍喜浮生得半閒。猶有巡簷微笑在，孤桐叢桂各蒼顏。

題黄克强手札

虎步龍驤跡已陳，相從猶有舊時人。遺牋數紙勤將護，留取他年話苦辛。
境過始知時易失，人亡方惜世多才。低徊十六年間事，衹與書生作史材。

謝龍八致中泠泉

吾聞昔時衛公具精鑒，入口江流別真贋。又聞陸羽嘗盡天下泉，第一只讓中泠先。中泠泉在長江底，十丈銅瓶入江裏。引繩啓蓋始得汲，濁流不敢污清泚。高名傳會經千年，游人戢戢争相傳。惟有清宗苦軒輊，欲假枰量推玉泉。從來真賞有真味，豈以重輕殊賤貴。我曾走馬上金山，要覓芳甘滌腸胃。道人指示一泓深，無復棹舟江水心。江涸泉移成岸井，坐令懷古生沈吟。世人紛紛耳為目，鵠固非鴉馬非鹿。但能兩腋風泠泠，睡起日高情自足。朅來白下飲秦淮，澀吻膏舌難為佳。偶從辱井得清泠，已似玉液來天街。多君長瓶遠相致，恍如身到金山寺。肝肺炯然氷玉光，始悔前時多妄意。開函更喜誦新詩，就中令弟尤清奇。情深韵逸和不得，且可數典陳然疑。忽憶蕲王昔征戰，黄袍騎登浮玉殿。東坡片帆曾幾時，到此已嗟陵谷變。元明詩老各篇章，金山復在江中央。君今芒鞋又來往，始信東海能生桑。世路覆翻都若此，一甌長是清泉美。中泠何處且休論，此心不易如江水。

題鋤經課子圖

古人耕讀非二事，未道農夫不識字。馬上英雄恥讀書，始誚儒冠但求仕。湘上老人真古風，孝經論語蟠胸中。携兒授書簑笠下，當時瞠視猶常農。幾年令子聲名久，披圖人人嗟有後。誰知農家本自然，五車萬卷夫何有。

曾九妻六十生日

佳話早傳歌領嫂，大年行見婦承姑。家風孝友高湘上，令節壺觴盛海隅。不數鷗波偕魏國，真如鸞室伴田居。好憑夫子丹青筆，寫作吴中賃廡圖。

止酒

止酒徒能悦病魔，美疢惡石日相磨。不如老作糟丘長，偃卧甕間聞醉歌。

生日口占

歲月婆娑已作翁，此身常在百非中。年來想望多成幻，老覺調停不是功。急劫可憐棋局换，歡情惟賸酒杯空。艾人今後堪題署，無奈應官興早慵。《方言》：齊魯謂老為艾人。

題侯昌銓遺畫

天衢接翼誇三鳳，曾識君家好弟兄。廿載匆匆如夢過，又從遺卷想平生。

頗憶長沙共硯時，揮毫常畏世人知。殷勤寫付非無意，喜見元章有虎兒。

題唐人寫經卷

莫高窟啓經萬卷，駝載車裝等閒見。官中曾有竊書兒，割贈朋儕常欲徧。却憶劉翁跋尾時，數行殘字比尊彝。從來物希乃是貴，誰令見慣嗟無奇。烽火幾年無覓處，眼明見此驚奇遇。分付長恩好護持，莫被六丁收拾去。

戲題僞米册

聖智當時粲奪真，癡兒枉被大蘇嗔。平生漫道智無鬼，投老方知眼有神。

戊辰元日

改歲群情喜，還家客思新。五年猶昨日，一雨似深春。正有婆娑意，仍慚褦襶身，屠蘇行命酒，始覺老來真。

題陳樹人畫松菊

歲晚東籬尚幾叢，劫餘來護六朝松。披圖我亦添惆悵，不共樗園送客風。

車中

攪夢車聲復水聲，雪光如月向人明。窗前倏忽燈千變，枕上瞢騰路百程。自笑還家仍作客，轉因耐冷習長征。年來久已輕千里，會向談天問大瀛。

題張希白像

大隱何須遠城市，一庭金石故翛然。莫嫌畫裏非真境，更識胸中别有天。

即席口占有贈

廿年肝膽知如故，一見鬚眉更偉然。若向紫金山下望，精神原不隔人天。佃信夫。

長沙一别成睽隔，何意相逢鐘阜前。昔日酒人今老盡，深杯迴憶三十年。岡本。

送别情彌永，還舟路不賖。海天春正好，歸及看櫻花。田島。

題林氏五代壽考圖

幔亭終是阻人天，老住雞窠莫問年。輸與君家真壽域，康寧五世地行仙。

題清代名人書札卷

王仲屏寄書請題

唐摹宋拓徒豪舉，何似搜羅及近人。筆法漫嗟時代壓，典型猶見老成真。低徊名字百餘輩，感慨聲聞萬劫塵。何必當前始披賞，題詩還結未來因。

後湖泛舟簡協和

玄武湖邊路，南朝舊夕陽。問名桑泊異，懷古秣陵荒。殘葦黄舟際，新荑緑岸旁。誰云五洲遠，籬落正相望。

柳秃維舟好，萍空打槳[一]宜。輕風波細細，晴晝日遲遲。乍惜鳧鷖去，仍憐雀未知。年來心不競，見獵已然疑。

小築皆臨水，深堂好讀書。偶然幽興適，已隔世人居。花事寒猶勒，山光遠欲無。向來游賞處，不敢憶西湖。

夙昔傳飛將，風流本學人。射生身手在，求友性情真。弟子皆殊妙，兒童亦絶倫。平時飛動意，應有筆如神。

〔一〕據文意應為槳。

返棹還分席，開尊喜得朋。登盤紅麯鴨，畫壁緑鞲鷹。見彈真求炙，臨書會撥燈。此游殊不負，何惜剡溪藤。

出太平門口占

東風惟鮮攪塵沙，無復流鶯只暮鴉。欲覓江南清淑地，太平門外看桃花。
林枎結綺山鋪罽，處處桃花爛漫開。儘向春風炫紅紫，緫輸香雪與寒梅。

徐武寧墓至李武靖墓

穹碑十尺鎮相望，身後方能異姓王。莫為中山歎鵞疢，孤甥原不貰歧陽。歧陽之死亦仰藥。

上巳

柳絮飛時燕影斜，朱闌猶憶舊人家。重三禊事情非昔，九十春光去已賒。客想尚縈金縷曲，庭枝還施紫藤花。年年此日堪迴首，惟有精思漸已差。

題曾徐夫人瑞蓮圖

夫人為花農侍郎女，圖作於廣州學使署

先云昔作錢塘守，侍郎荷衣年十九。試院親題第一人，三絕才名滿人口。文采翩翻上紫宸，使車龍節嶺南春。已聞嬌女承家學，共道蘭因得嗣人。《蘭因館》，徐太夫人詩集。我見侍郎時已晚，坐談家世情殊款。賓筵詩畫劇紛論，甥館倡隨傳嬿婉。此後匆匆廿五年，又來南海訪池蓮。園荒泉涸九曜圮，壁間題詠空斑然。詩老勛門同一瞥，並蒂花還先後拆。教子淞濱閱幾年，孤兒泣盡眶中血。竭來示我瑞蓮圖，猶是當年點染餘。家庭韵事鷗香館，老輩風流融扁書。曲園題首。活色生香猶髣髴，清詞麗句相縈拂。展卷曾承堂上歡，壓裝正是奩中物。手澤郎君謹護持，我因懷舊一尋思。昔游歷歷常如昨，故事陳陳問莫知。金釵灌佛徒悽愴，荷囊奉手同悲向。待得國人稱願時，好為外家成宅相。

紫藤花下悼往

藤蔓高槐接畫闌，千花凝紫炫林端。依然瓔珞承華蓋，無復裙裾共玉顏。往事重思如更歷，良辰多負忍頻看。惟應贛上朦朧月，仍照繁英自作團。

徐州夜宿

徐州夏始尚微寒，中夜繁星爛作團。大地沈沈渾入睡，單衣惻惻感無端。千年史盡人相斫，四野風知麥正歡。小立慨然生遠想，疲氓應有淚闌干。

滕縣

我行滕縣見花開，也似漁洋惆悵來。不白似銀翻似錦，道傍罌粟爛成堆。

推鋒

推鋒直進嗟何益，密計周防智已殫。載鬼弧真張後脱，污人塵更起無端。瞻烏未識飛誰止，困獸方知鬥無難。莫謂浮雲能暫蔽，肯將明月事輕彈。

題唐筱魯文遺扇 畫瓜蓮、荔枝、佛手、葡萄

畫筆經時色尚鮮，知君展對每悽然。休云篋笥年年怨，長共名門笏硯傳。

故園瓜熟動歸思，忽憶炎天啖荔枝。北味南珍齊擷取，総輸湘上采蓮時。

與懷之話舊事因記以詩

澄思堂外古槐南，姊弟同時髮正髿。更漏未移書盡熟，始知慧女勝癡男。

新姻曲宴敞華堂，争看當筵傅粉郎。痴絶弟兄瞠目坐，一時低首鳳朝陽。

穠華幾日詠桃夭，閩海蕭聲引晝橈。悽絶慈親持踵語，人歸長似往來潮。

病榻經時百念灰，也知無命更歸來。傷心強起推衾日，不為孤嬰送一哀。

藍輿側側過湘濱，萊菔塘邊草又新。上冢匆匆餘卅載，不堪重憶舊音塵。

重至徐州

平野雲屯麥正黄，連畦緑浄稻初秧。農家共有豐穰喜，兵氣真為日月光。已擬卑飛同鷙鳥，恥將獰笑向封狼。重來亦有英雄歎，亞父墳頭憶項王。

入夢

夢中猶是舊裳衣，知我頻年百事非。惆悵雨花亭下路，櫻殘草長不來歸。

劉紀文妻誌後

恩深情至無生死，結想纏悲有鬱陶。我自低徊山谷語，從來真感不能銷。

紉秋示邠齋詩扇次韵却寄

別後懸知鬢雪侵，閉門應覺屋廬深。頗聞萱背多新樹，更喜桐枝近結陰。畫餅舊嘲名士氣，脂車今見故人心。年來我亦成瓠落，弦弭無端且自禁。

立秋

蠹鞅蟠胸盍少休，紫金山色正當樓。連朝驟雨渾忘夏，一葉隨風又作秋。物論難齊惟在宥，人天多感始言愁。獨居深念翻成笑，何異忘機狎海鷗。

題冒鶴亭寫經圖

圖摹查聲山，己亥復得

過眼烟雲無覓處，老來何意舊觀還。孤兒願力深如海，惟有慈恩欲報難。

七月十五夜雨

三年愁看團圞影，何似今宵聽雨聲。殘暑正宜風捲去，幻心時慮月重明。養生術以多方誤，
陳死人知獨夜情。泉下有知應亦慰，天涯兒已報歸程。

龍潭

萬人狼藉腥風裹，我憶當時擁鼻來。秃柳殘荷依舊活，可憐白骨盡成灰。
得勢應如鬥穴鼠，成功便作遇風鴻。虞公采石謝淝水，一樣危（難）〔一〕疑震撼中。

〔一〕『難』字為手稿衍。

題伋安詩後

伋安蘁照非荒宴，酒酣忽憶排雲殿。分明龍武記軍容，彷彿龜年論曲變。江南又是落花時，寫入迴腸蕩氣詞。莫道銕圍山下祕，舊人防有念奴知。

次韵和醉六

相思千里駕，還似粵江邊。舊事猶堪説，新時敢息肩。形神徒委頓，心跡愧清全。碌碌因人久，高褰覺汝賢。

讀書常恨少，憂國敢言功。歧路誰先導，登樓（愧）〔二〕悵豁蒙。羣情歡令節，好句啓宗風。菩薩吾何念，懸知四大空。

桔槔

隨人俯仰非無謂，贏得清泉滿漢陰。園叟不知沾溉力，漫言機事有機心。

九日登攝山

意中共擬清涼好，誰悟棲霞路不遥。六代青山人事改，一天紅葉雁行高。尋碑便有浮沈感，落帽慚無主客嘲。可惜巉巖千佛像，只餘殘塔認隋朝。

〔二〕『愧』字為手稿衍。

題《哀蟬集》

湛身王母成安國，刎頸侯生送信陵。一樣恩深能決絶，世人懸論總無憑。

雪

一雪真令大地寬，樓前惟賸白漫漫。不須便作豐年喜，知否窮簷特地寒。

走馬

佇立廣塲看走馬，旁人應笑老夫癡。誰憐年少揮鞭日，墮塹抛羈總不知。

櫪中故與駑駘伍，道上徒勞賞譽深。莫道良材馴致易，古來難得是知心。

張孝女詩

至情常近愚，至性亦類痴。當其奮不顧，豈計人歎嗤。迂儒好守經，日儆髮膚虧。寧知孝子心，但識親病危。湛身且不惜，何論肉與皮。斷指猶剪爪，割股如折枝。皇天（靈）〔一〕鑒貞誠，下拯匹婦私。兒心足愈疾，固非醫所知。此身久非我，父死復何爲。（誰）〔二〕剎度二十年，獨為父修持。本不冀成佛，亦非佛所知。此身有了日，此心無盡時。嗟哉世間子，辛苦所爲誰。請願無父人，胥來讀此辭。

〔一〕『靈』字為手稿衍。
〔二〕『誰』字為手稿衍。

題看雲樓覓句圖

看雲常覺勝看山，樓上人應鎮日閒。會得詩情兼畫理，不須窗下展圖觀。
此心久與雲俱遠，垂老方知病可嗟。却喜詩人多韵事，廿年紅豆又新花。

病起

大患吾真在有身，銷磨自斷似勞薪。胼胝夏禹終偏廢，手足班超近不仁。漫乞人銜添藥裹，還從鬼録悟塵因。九幽合眼從來去，出死知今又一巡。

陳伯嚴評：抒思深微，落筆澹雅，養空而游，漸入『天然去雕飾』之境矣。

己巳元日

老來重見太平春，家國雍熙又此辰。海內早知同樂歲，天涯無復未歸人。含飴正喜親加膝，止酒無傷漸入脣。多少兒時梨棗事，不妨圍坐説年新。

春陰

高樓漠漠坐春陰，弱蘂隨風自不禁。開落年年成例事，世人空費惜花心。

太平門看桃花

去年昔見山鋪錦，今日重來悵不如。花事不關園叟意，只誇結子昔時無。

俞恪士故宅

金碧樓臺衆口誇，蕭寒非復昔人家。牡丹蕉萃東風裏，誰憶觚菴舊種花。

題蔡遯菴筆記

所見異辭聞異辭，然疑後世有誰知。桐陰榕廕思前事，何異掀髯抵掌時。

試馬

獨乘千里欲安之，款段無嫌果下騎。何事英雄傷老去，淚零髀肉復生時。

祭遵授壺霍蹴踘，酣嬉元不害成功。是否東昏知此意，馬蹄長日鬥春風。

午日宴集贈詠菴

角黍當筵有舊風，酣呼如在凱歌中。羊城冠劍情猶昨，虎穴靴刀夢已空。往事不忘陳迹在，佳辰喜得故人同。可憐無力勝杯杓，獨看酡顔四坐紅。

喜雨

萬人兀立不知避，齊向街頭看雨來。赤日已隨層嶂隱，黑雲真壓壞城摧。池蛙閣閣如相慶，園菜芃芃不用栽。傾耳歡聲彌四野，簷前還有瀑如雷。

後洞房謡

紉秋結想成夢，因幻得真，既悟前因，思求勝果，乃書本事，以示相知。爰續前詩，後有此作。

燕臺魂斷無消息，酒釅花濃又今夕。坐上垂髫有璧人，迷離何處曾相識。忽憶孤舟入夢辰，爾時疑幻復疑真。仙年更比塵年小，綽約元知此日身。促坐殷勤展邦族，降日剛符年十六。繡領紅絲記宛然，送抱迴身仍一哭。再世分明似玉簫，新愁舊恨幾時銷。來因不昧他生果，意態還餘舊日嬌。同時坐客皆悽咽，人天轉瞬無生滅。欲續朝朝暮暮緣，徒添世世生生業。青蓮火宅出何時，十萬量珠計亦宜。夢幻去來同一悟，請看駱馬與楊枝。

壽熊秉三

霜鬢當年四海知，黑頭今轉勝前時。養生術早傳真訣，閲世人應奉導師。聲色魏公初不動，
津梁庾令漫言疲。太平扶杖來觀日，國老群驚海鶴姿。
香山葱蒨玉泉肥，天遣勞人住翠微。儘有園林非獨樂，偶然黻佩作雙飛。身閒即是安心法，
世論誰知枉德機。桃李新陰堪自慰，成蹊一任看芳菲。
十年以長同兄事，千里相思命駕無。每憶笑談却鋒鏑，難忘濡呴在江湖。平生壽骨今堪證，
少日交情老不殊。好繼樂天脩故事，耆英高會再成圖。

壽吳劍秋六十

孝友家風聞海内，並時吾最數宜黄。聯鑣舊説乘軺貴，賃廡今傳舉按莊。雙鬢老猶玄髪在，五長人道白眉良。即看子姓皆賢令，濟美為君壽一觴。

題吳南岡觀潮畫像

熙農祖父

錢唐觀潮人萬千，八月涼風秋颯然。衩衣露頂兀獨立，夾岸都識吳青天。吳君此時歸不得，棄官來作錢唐客。家國荒荒有禍殃，袖手如聞長太息。長江浪沸連鄉閧，此心已作秋潮觀。阿兄老去阿戎死，側身而望成悲酸。畫手何人知此意，寫出心中無限事。不惜三圖並一時，熙農言同時有三圖。要將二妙傳千禩。莫言廉吏不可爲，於今孫子盡騫飛。欲知孝友家風在，看取圖中大練衣。

又代曾九作

得時行志古今難，誰遣書生作好官。料得歸裝無長物，只留圖卷與人看。

布韤芒鞋返初服，秀眉長目劇轉神。怒潮不與庚申劫，天道終知福善人。君以戊午逝。

七月十五夜對月

高樓月上正相望，老去心情獨自傷。久病不辭泉路近，初秋纔覺葛衣涼。也知齋奠空多事，省識人天共一光。妄念剗除今已盡，此身何必判存亡。

題清溪道人西園雅集圖　代曾九作

吾聞畫有南北宗，亦如禪門侈宗風。又聞善畫非形似，不似之似真神通。西園雅集盛才彦，李圖米畫世所崇。絹素千年久藹落，追摹僵走嗟群工。眼明見此清溪卷，湛湛若對青芙蓉。不須界畫罨金碧，自有雲物蟠心胸。二蘇秦黄與李米，意態一一傳其中。臨流撫石各静妙，展卷奮筆何雍容。水聲樹色如可見，衣紋鬢影紛來從。揮毫不脱本家法，用意直掩前人蹤。始知能者無不可，至竟南北誰雌雄。幅終屈筆寫圖記，如騁騏驥盤蟻封。道人風致本高絶，若拊龍眠揖南宫。頓還舊觀或已泰，别開生面成孤穹。古今書畫理一貫，惟有智者觀其通。沈粗文細强分别，世論久矣鄰兒童。月湖主人多賞會，炯然不眩懸雙瞳。寶米室中富藏弆，珍重直欲罍敦同。齊侯罍、師酉敦皆所藏。不辭塗抹污紙尾，或者吟噪同秋蟲。還君此卷三歎息，黽勉十駕勤衰翁。

籬下

年年負手東籬下，祇惜開時不在家。(惟)〔一〕誰識徘徊吟賞意，此花看後更無花。

秋望

風起雲飛又作秋，病餘閒望獨登樓。一年忽忽光陰老，四野蕭蕭景物愁。天遠更無山可隔，潮來真見海横流。揮戈返日徒虚語，任運委心隨去留。

〔一〕『惟』字為手稿衍。

題王壬翁食瓜圖　易吟村藏

少日曾停問字車，舊聞迴憶有欷歔。當時卷軸俱零落，何待紅羊話劫餘。圖丙午已至宣南，湘綺翁尚存時也。

廣雅中年猶學董，澂園當日本師何。獨憐妙筆無尋處，温畫周詩佚已多。南皮題詩是學香光書，時徐壽翁學書道州，今猶可見筆法。湘綺翁日記《食瓜》詩，周荇農和最爲妙作，今與温味秋畫皆不見圖中。

郎園題句今如識，亂世高名事可哀。何似此圖能閲世，儘教塗抹不成灰。葉奂份題詩有『三刀六子』語，被難時，圖為妄人塗抹，然未損及畫本。

人生作健徒為耳，往日悲歡正可思。惟有奔年長不改，悽然又過食瓜時。

静坐

静坐稍能百慮澄，又嬰塵務一瞢騰。行尸走肉誠何意，救死扶傷愧未能。也識知來由鑒往，不須學佛已如僧。心光自照微塵裏，無盡何嘗别有燈。

題秣陵秋色圖

三年幾度秣陵秋，策蹇曾無一日遊。轉向圖中人健羡，聽風聽水自淹留。

題畫　老少年白頭翁

却老端知不可期，少年今日鬢成絲。何如頭白蒼崖上，佇看山花紅滿枝。

次韻展堂見贈

平生風義友兼師，喜入新年第一詩。不道杜陵矜瘦硬，故應王約誚肥癡。奴書自悔非崇古，老學深慚已後時。筆健輸君緣壽骨，行能多恐負相期。

再答展堂

歲朝休沐息官師，餘事猶能鬥小詩。遺我糉真能益智，眩人符自笑聆癡。布衣興國懷前事，蒲澗聽泉話昔時。文致太平知不讓，雍容裘帶想襟期。

年來多病託醫師，剩有勞歌與惡詩。災難未饒愚且魯，生涯應笑老而癡。更無方術肱三折，只把年資齒一時。結習未忘慚耄及，沈吟就列負心期。

粵學當年有大師，淵源弟子盡能詩。光明各放迴塵劫，慧智端宜滅意癡。雲起龍驤開國日，
水深魚樂富民時。廿年迴首成今昔，盡起瘡痍自可期。

叠韵和展堂

長城争敢撼偏師，火急煩君更作詩。無事未從犀首飲，有情終類虎頭癡。抽絲乙乙仍相續，
伐木丁丁又此時。奔送不嫌勞侍史，詩筒響答果如期。
點筆推君一字師，巴人下里敢言詩。已無醒辭頻中聖，尚有雲山想大癡。饋歲華筵慚老輩，
宜春綵勝似兒時。明朝便復愁韁鎖，如此清閒未可期。

疊韵再和展堂

少年文陣擅雄師，老去何人敢定詩。自鑄偉詞如鐵聚，不治他技合書癡。萬言倚馬真堪待，一見猶龍自（失）〔一〕失時。潁士奴真愛才者，已知書到不他期。

昔聞廐馬盡臣師，主善無常况學詩。境遇只餘飛鳥迹，書成愁作凍蠅癡。佯狂已歎無多子，閒暇猶能及是時。流水高山吾豈敢，知音方恃有鍾期。

後堂絲竹已無師，陶寫中年賴有詩。山上蘼蕪漫采擷，燈前兒女故嬌癡。乍憐蒙叟行歌日，正值周婆制禮時。聾者那知音樂美，攢眉曾與太常期。

〔一〕『失』字為手稿衍。

日日升堂作講師，料應無暇復言詩。韋編應不憂三絶，書帙還思借一癡。且喜偷閒談蓺樂，略同長夜劇棋時。自憐今已知才盡，準備看花更索期。

看似容易，意自深遠，用力恰到好處，即平平寫過，態度亦佳。是唐詩，非宋詩，宋人惟半山能之。丁、戊兩年尚未臻此境。

庚午二月，敬觀讀過謹注

非翁詩稿

庚午元日

元正頒朔有新書，結習難忘舊歲除。易俗移風非旦夕，四分三統久乖疏。馬兒年欲徵胡曆，犬子纔能賦子虛。我憶童時猶昨日，居然最後飲屠蘇。

後湖閒步

駛駛東風又入春，偶然閒步逐游人。雪消度已添湖水，風暖初能岸葛巾。蘆葦盡薪洲渚見，山川如畫歲時新。不蹔蹇足傷疲叟，轉恨衣裘重累身。

喜晴

頑雲何意豁然開，千里江天霽色迴。細草碧於新雨過，遠山青似故人來。遨遊正及春光好，蓓蕾無嫌羯鼓催。欲向梅園問消息，可能花下一徘徊。

次韵張治如

少年朋輩感分離，相見悲歡不自持。尚想霓裳高會日，難忘席帽大梁時。故人零落今如夢，好句低徊我所師。收拾游蹤歸篋底，自應一畫一題詩。

碌碌因人倘一長，廿年惟賸鬢成霜。風塵自笑空皮骨，家國何心足棟梁。委老始知時易失，奔年長似電遺光。多君藝事能三絶，餘智何因得扣囊。

游仙四首

飛昇何事苦吹簫，賺得塵寰結想勞。漫道成金須點銕，不辭剖腹為藏刀。仙家故是能揮手，凡骨何曾鮮伐毛。冢自纍纍人自擾，只餘孤鶴向雲霄。

舐殘丹鼎隔雲端，辛苦拖腸強自寬。聞道神仙足官府，可曾鷄犬盡衣冠。榴皮書枉貽東叟，桂樹叢應感暮寒。驕貴淮王殊自誤，僅將都厠作盤桓。

祇憑符籙號仙真，記得當時墮馬人。自信胡麻堪作飯，可憐滄海更揚塵。紅巾尚欲銜青鳥，錦字無因託素鱗。等是仙家好離别，銀河惆悵隔年身。

丹成註籍大羅天，猶戀紅塵作地仙。已訝穴居同鳥鼠，居然尸解似蛇蟬。曉投但博天公笑，瞑數徒工奼女錢。萬里蹔游行欲却，飛龍出骨意茫然。

為人題南園書卷

舉世沈酣趙董日，昆明異幟獨顔公。莫言書法屬小道，天挺人豪故不同。

題《咫尺蓬萊館印稿》

印人昔數皖與浙，完白龍泓實導師。鍥而不捨君勿慊，他年粵派冠當時。
缶翁沈泉牧父逝，並時學者皆白科。不師古人乃師古，秦璽漢印真先河。

題《徒步旅行册》

萬里經行恃一身，不勞風翼與猋輪。大章竪亥非誇誕，要識神洲大有人。

庚午上巳

花飛柳彈乍晴天，上巳風光又眼前。人去也如春可惜，老來惟有愛難捐。永懷褉事誰中酒，坐閱流波感逝川。三十六年容易過，不應改曆始茫然。

題李道士畫為胡子靖

道人昔寶南田畫，燕臺示我同稱快。自言得此已傾囊，俸錢賒盡家人怪。後來海上幾淹留，忽聞易米同珠投。入蟠胸中出筆底，本來遺蛻何庸收。嗚呼道人今何往，書畫人間價徒長。故人東下載扁舟，壓裝四幅成心賞。怪石突兀黃山峯，水村平遠天春容。洞庭歸舟山盡赭，偃蹇閱世留孤松。我今對此懷前事，正見鍾山鬱雲氣。平生高節抗古人，頓還舊觀知不二。艱難興學有餘悲，勞苦相慰何人知。頭白經今二十載，尚憶當日含毫時。

題師期《倡和集》

走卒知君亦可師，碧紗籠處恐無詩。嗜痂敢笑劉邕癖，掩骼幾同廣漢癡。驥尾青雲慙自附，
鼉聲紫色総非時。未能藏拙翻呈拙，好事流傳匪所期。

題陳協之詩稿用師期韵

十載相逢在義師，軒眉今喜讀君詩。孤芳自賞嗟難及，結習猶存未是癡。夜雨簾櫳看不盡，
春風庭院立多時。大邦文物從來盛，羣彥汪洋不待期。
不相菲薄不相師，我昔低徊禮部詩。夢裏何殊因興想，體中常半黠兼癡。是丹非素嫌多事，
禰宗祧唐笑入時。甘苦自知能自慰，出門合轍本非期。

讀律誰言吏可師，重重公案不妨詩。有餘自不嫌無暇，小黠何云是大癡。掉臂游行殊自樂，賞心酬唱正當時。海棠雖落羣芳盛，佳句撩人無盡期。

和協之

收拾叢殘付餅師，羣兒自貴謾言詩。老年始悟閒為樂，官事從知了即癡。正是好花初放日，最難春雨乍晴時。未能擊壤聊釘鉸，他日掀髯又一期。

忘言空自悟禪師，一啓機緘復有詩。難得糊塗方自訟，漫言伶俐不如癡。玄霜萬擣非關杵，錦幕千花正及時。何似半山工覓句，緑陰幽草勝前期。『緑陰幽草勝花時』，半山詩。

靈谷寺看牡丹

憑欄始識百花輕，不恃繁香與衆争。宿雨沾膚酥欲滴，朝霞上頰暈初生。含紅含紫都光艷，如咽如悲幾送迎。車水馬龍靈谷路，嫣然真不愧傾城。

壽陳勤士六十

門第吴興譽絶高，艱難開國有人豪。即今薄海推兄事，當日承家記獨勞。文武聲名成弟輩，乾坤整頓付兒曹。太平扶杖知非泰，應祝期頤閱俊髦。

和展堂嘲協之晏起

東塾深懷故可師，人有『深懷愛清夜東塾』句。遲遲鐘漏好敲詩。棋中黑子元非局，枕畔黄粱未是癡。露下宵沈知鶴警，日高睡足想茶時。欲眠自昔思經事，嬾向朝霞卜雨期。

和展堂

老嬾何心敢致師，應緣清夜得新詩。夙興自合矜朝氣，晏起從人誚墨癡。待旦不忘行役事，求衣長是未明時。鷄鳴総被蠅聲誤，脱珥無煩更剋期。

苦雨柬展堂

孤負春光是雨師，惱人應只解催詩。已憐乾鵲交愁濕，頗怪乖龍不作癡。官道亭苕迷草色，寺門泥濘誤花時。牡丹零落荼蘼盡，暇日銷憂未可期。

寄協和用原韵

前塵殊戀百花洲，况有匡盧路阻修。佳境不忘千里遠，愁霖長負一春游。故人倘作蒼生楫，大願應同白傅裘。正是江南好時節，東來何日載扁舟。

游客風光醉裏過，酒人何處覓荊軻。匹夫自有興亡責，卧榻寧容鼾睡多。探勝不妨窮海嶽，洗兵真欲挽銀河。新詩擊楫非無意，便擬浮君一叵羅。

題王一亭畫陳英士像 畫少時伏火救人事

陳公英雄人，舉世稱銕漢。烈烈千載名，盛美何容贊。方其髫齔時，伏火救人難。本無生死心，遑有義利算。王翁寫此圖，興酣筆逾悍。遂令當日情，一一見老捥。吾聞果夫言，一事尚可案。羣兒戲牧埸，馬驚逐兒竄。公獨匿墳旁，突出制奔騍。蹄齧不得施，遂為當時扞。古來振奇人，鉅細理一貫。忘身固勇決，應變何敏斷。吾欲詔國人，義激起怯偄。翁其更奮筆，不朽託豪翰。披圖想生平，懷賢應三嘆。

子靖手寫夫人《晚晴集》遺詩見示，因題

生寄死歸無可說，老來真覺萬緣空。懷賢思舊蒼茫感，都在巾箱一卷中。

餘年幾日晚晴時，卅載劬勞故可思。要使兒曹知此意，自和殘淚寫烏絲。

閑止題詩余稿，次韻奉答

識字一生憂患始，長年雙鬢雪霜侵。也知入世同觀化，尚有勞歌自苦吟。屬草已慙無是處，拈花今悟不言深。卅年哀樂那堪憶，粉碎虛空是此心。

題李烈婦

李氏婦守節廿年，撫孤成立，忽為賊劫去，罵不絕口死。十日後，子金谷輿尸歸，面如生，見者皆欲頌。

人固有一死，死亦何足憚。古人一死生，只以義為斷。結纓自殉主，驅車或赴難。艱難唯死所，一瞑了無憾。烈烈李氏母，平生歷氷炭。方欽褕翟榮，倏遘黃巾叛。罵賊卒捐軀，恥為巖穴竄。苟活非所甘，趣死一何悍。廿年氷蘖心，致此非一旦。將頭臨白刃，固知色不變。十日面如生，行人知感歎。懔然自千秋，期頤何足算。此真不死術，光氣燭霄漢。勖哉賢子孫，母教勿巽偄。

題畫　桃枝嬰武

本是花間自在身，桃林偃蹇見天真。何緣學得閒言語，日日籠中聒向人。

梅竹鶴

縞衣丹頂自蹁躚，翠竹紅梅永作緣。莫笑清游長不厭，徘徊此境已千年。

和大武七夕韵

荷池高閣倚東城，記否當年夜宴情。華燭過時隨淚盡，銀河依舊向人横。墜歡欲拾秋醒夢，垂老猶聞世苦兵。瓜果儼然前日事，不堪迴臆説承平。

題徐大成陽靈臺碑

翠墨當時記共探，深杯長夜話宣南。籖賈如舊人空老，霜鬢論兵已不堪。秋奩藏本大興題，細字親摹欲與齊。此是君家真世寳，何煩紙墨辨高低。

譚澤闓跋語

先三兄少日所作詩文多不存草，光緒壬寅，余兄弟同寫日記，偶有篇什，始記録之。爾後二十年，兄于役廣州，乃自寫詩稿，迄於庚午，凡得四卷；又從日記鈔壬戌以前詩為《慈衛室詩草》一卷。兄在廣海時，每一卷寫成，輒以寄余，請諸友好評定之。或復有所作，則郵稿命余補書之册。《粵行集》中《曉發始興》以後詩及《訒菴詩稿·贛州光孝寺》諸作是也。《慈衛室詩草》中己酉五首，《辛亥過洞庭》《中秋》二篇，則余從當時書札中迻録補入者。兄生平所為詩雖不廑此，此盖其手定藁，而晚歲所作特多，謹先付之影印，以分貽親故快先睹焉。既葳事，敬記其末。

民國廿年七月弟澤闓